夏の終わり
寂しがり屋の人妻

桜井真琴

双葉文庫

目次

夏の終わり 寂しがり屋の人妻

プロローグ

「あンっ……」

わずかだが、ドアの向こうから悩ましい女性の声が聞こえてきた。

高沢道夫《たかざわみちお》はそっとドアに身体を寄せて息を止め、全神経を集中させた。

「あんっ……だめっ……いやっ……」

夫婦の寝室から、女のせつなそうな声が、今度はもっとはっきりと道夫の耳に届く。

（いかん、夫婦の夜の営《いとな》みを盗み聞きするなんて……しかも元同級生たちだぞ……）

旦那の方は、中学時代の親友、安永亮太《やすながりようた》。

妻も中学の三年間、同じクラスだった安永亜紀《やすながあき》だ。

中学時代の亜紀は黒縁眼鏡《くろぶちめがね》をかけて、見た目は地味な女の子だった。

しかし顔立ちはわりと整っていて、しかも性格も明るくて誰にでも優しく、弾《はじ》けるような笑顔がチャーミングだった。

気さくで明るくて、道夫はひそかにいいなと思っていたが、親友である安永が亜紀をずっと好きだったことを知っていたので、亜紀にその気持ちを伝えることなく、結局、友達以上に進展することはなかった。

ふたりが夫婦になったのは、今から六年前のことである。

ふたりの結婚式には、道夫は仕事の都合で出られなかった。亜紀に対する想いを打ち明けなかった後悔があって、それからずっとふたりには会っていなかったのだ。

それが三十二歳になって、また再会するとは……。

「あっ……あんっ……だめっ……高沢くんが泊まってるのに……」

ドアから漏《も》れ聞こえてきた声に、改めてドキッとした。

（盗み聞きなんて、最低だ……）

恥ずかしいと思うのだが……しかし、久しぶりに会った亜紀の美しさには、正直、度肝《どぎも》を抜かれてしまった。

さらさらの黒髪を肩まで伸ばし、元から整った顔立ちに、年相応の色香《いろか》が加わって、いい女に成長していた。

（だめだ、あまりにみじめすぎるっ）

好きだったとはいえ、相手はもう親友の奥さんだ。

浅ましいことはやめよう。

ドアから離れようとしたときだった。

「そんなこと言って。ホントはこういうのが好きなんだろう？　高沢がいるときに抱かれて、興奮してるんだろ？」

安永の声がした。もう一度ドアに耳を近づけた。

「あん、いやっ……そんなこと言わないで」

「ウソつけ。今日はすごく締まるぞ」

底意地悪そうな安永の台詞《せりふ》に道夫は驚いた。

（あいつ、ドSだったのかよ……）

それよりも……あの亜紀が陵辱《りようじよく》的な言葉で責められていることが信じられなかった。

本能的に道夫の手がドアノブにかかっていた。

いけない、バレたら終わるぞ。

ふたりから軽蔑される。

それでも、亜紀のいやらしい姿が見たかった。

震える手でドアノブをつかむ。

慎重にまわすと、ほんの数ミリだけドアが開き、わずかな光が漏れた。

「あっ……だめっ……やめてっ……こんなやり方っ……」

声が先ほどよりもはっきり聞こえた。

スリルと興奮に包まれながら、おそるおそる顔をドアの隙間に近づけると、ダブルベッドが見えた。

そのときだ。

(ああっ!)

サイドテーブルのライトに照らされ、素っ裸の亜紀がベッドの上で激しく動いている姿が目に飛び込んできた。

「ああ、あなた……いやっ……!」

小さな明かりの中で、亜紀の白い裸体が上下に揺れていた。

亜紀の乳房も大きく揺れている。よく見れば、仰向《あおむ》けに寝そべっている安永の上にまたがって、亜紀が腰を動かしていた。

騎乗位だった。

しかも、である。
亜紀は両手を背後にまわして、妙に不自然な格好だった。
下から安永に突き上げられているのに、両手を前に出さないのだ。
「お、お願いっ……せめてこれを外して……」
亜紀が消え入りそうな声で懇願《こんがん》した。
(外す？　外すって何を……えっ！)
亜紀が身をよじったので白い背中が見えた。
それは、あまりに衝撃的な光景だった——。

第一章　同級生妻の秘め事

1

ひぐらしの鳴き始めた、黄昏《たそがれ》どきだった。

上越《じょうえつ》新幹線を新潟駅で降り、在来線に乗り換えて四十五分。高沢道夫は大きなバッグを肩に担《かつ》ぎながら、六年ぶりに地元の駅に降り立った。

（おいおい、こんなに何もなかったっけ？）

駅前の寂《さび》れっぷりといったら、ただごとではなかった。

バスターミナルの近くにある土産物《みやげもの》屋が軒並《のきな》み休業中だった。よく通っていた定食屋もなくなって、テナント募集の紙がシャッターに貼ってあった。その横には「スナック純喫茶」の看板があったが、どう見ても営業している雰囲気《ふんいき》ではない。

近くに海と山がある観光地だ。

もしかすると八月の初めやお盆の時期は、少しは賑《にぎ》わっていたのかもしれないが、とにかく今は観光地とは思えぬ寂れ方だった。

タクシーに乗ろうかと思ったが、しばらく待っても全然来ないので歩くことにした。

宿泊予定のビジネスホテルは、歩いて十五分くらいのところにある。

シャッター街をのんびり歩く。

営業しているのは、三軒に一軒。和菓子屋と蕎麦《そば》屋と酒屋といったところか。歩いている人も少なかった。

シャッター街は最初の交差点の角を曲がったところで終わっていた。

そこから先は整備されていて「市民プラザ」と書かれた大きな建造物が建っていた。初めて見る建物だ。

(この通りは賑わっていたのになあ、何もなくなったな)

道夫が高校を卒業して東京の大学に進学した後、町は少しずつ変わっていった。

郊外の国道沿いに、ディスカウントストアや大型スーパー、さらにショッピングモールなどが次々とできて、駅前から続く商店街が廃《すた》れていったのである。

中心部が寂れて郊外が栄える。

クルマが生活の足ならば仕方のないことだ。寂しいとは思うが、これも時代なのだろう。

(まあ、もう帰る家もないしな)

故郷が寂れても道夫が感傷的にならないのには、理由がある。

親たちが沖縄に移住して、生まれ育った実家を処分したからだ。

道夫の父親は六十を過ぎてリタイアし、昔から好きだった沖縄に夫婦そろって移住した。

なんて勝手なんだと思いつつも、ふたりが楽しそうに暮らしている様子が動画で送られてくると文句も言えなかった。

何よりも、

「老後は一切、おまえの世話にはならんから」

ときっぱり宣言されては、移住を咎《とが》めることなんてできなかった。それで、誰も住んでいない実家を残しておいても面倒なだけだと、なんの相談もなく売却されてしまったのだ。

大学を卒業して、東京のIT企業に就職していた道夫は、わりと仕事もあったのでフリーランスのWEBデザイナーに転身したばかりだった。そんなわけで道夫はそれ以来、新潟に帰省していなかったのである。

梅雨《つゆ》が明けた今年の七月上旬、地元の中学校から封書が届いた。

（よく届いたな……）

それが正直な感想だった。

なにせ新潟の実家はすでに存在していない。

あの奔放《ほんぽう》な両親が、律儀に地元の誰かに連絡先を教えているとも思えない。

おそらく近所のおばさんたちは「どこに引っ越されたのかしら」と首をかしげているはずである。

道夫も同じだ。

今の連絡先を、同級生の誰かに伝えた記憶はない。

その謎はさておき、奇跡的に届いた封書の中には、

「母校の統廃合」

が決まったというお知らせが入っていた。

どうやら生徒数の減少により、道夫が通っていた中学校が、駅の反対側にある隣の中学校と統合するらしい。

地元に未練《みれん》はないものの、母校がなくなってしまうのは寂しいもんだなと読み進めると、

「つきましては、創立百周年に掘り返す予定だったタイムカプセルを……」

タイムカプセル？

そんなもん埋《う》めたっけ？

すっかり忘れていたが、どうやら中学三年のときに埋めたらしい。

中学校創立七十周年のイベントの一環で、道夫たちの代がタイムカプセルを埋めて以降、毎年三年生の恒例行事として校庭や中庭に埋めている、と書いてあった。

書面には、クラスごとに掘り出す日付が決まっており、道夫が三年のときのクラスは八月二十四日に掘り出すので来校してほしいと書いてあった。

正直、面倒くさいと思った。

だがもう六年も故郷に帰っていない。実家もなくなり親もいないとなると、これから先、故郷に帰る機会があるのかと考えたとき、久しぶりに戻ってみようかという気になって、掘り出す前日の二十三日の今日、帰ってきたのだ。

大きな荷物を持って歩いてきた道夫は、昔通った中学校の校舎が見えてきて懐《なつ》

かしい思いに囚《とら》われた。

卒業してから十七年が経つ。以来、一度も母校を訪れたことはなかった。

久々に見ると、いろいろ思い出すものである。

宿泊予定のビジネスホテルは、ここから歩いて五分くらいだ。

正門から中に入って敷地内を眺めると、中庭にたくさんの人がいた。大きな壺《つぼ》のようなものを掘り出す作業を見守っている。

（ああ、別のクラスが掘り返してるんだな。どのクラスかな？）

道夫は中学時代、友達はそれほど多くなかった。

だから今、どこかで見たような顔があっても、すぐに誰かはわからなかった。

さて、ホテルに向かおうと正門を出て、田舎道《いなかみち》を歩いていたときだった。

後方から短くクルマのクラクションが聞こえて、道夫は振り向いた。

メルセデスベンツのＲＶ車だ。

田舎では人目を惹《ひ》く高級車である。

邪魔にならないように道の端の方に避けると、ベンツはすうっと寄ってきて道夫の横で停まり、運転席のサイドガラスが下がった。

「やっぱり！　ねえ、高沢くんでしょ？」

左ハンドルの運転席に座っていたのは、切れ長の目の美しい女性だった。

はて？

（こんな美人、知り合いにいたっけ？）

誰かのお姉さんだろうか、それとも親父が働いていた地銀《ちぎん》の部下か？

お袋の友達……にしては若すぎる。同級生だろうか。これほど美人なクラスメイトがいただろうか。

いろいろ考えを巡らせていたら、女性が可愛らしくクスクス笑った。

「私よ、若月《わかつき》亜紀」

あき？

ハッとして何度も目を瞬《しばた》かせた。

その笑顔に懐かしい面影《おもかげ》があった。中学時代、この笑顔を何度も見た記憶がある。

「亜紀か！　うわあ、久しぶりだなあ」

「やだもう。こっちは後ろ姿だけでなんとなくわかったのに、全然気づかないんだもん。薄情ね」

「いや、だって……ずいぶん雰囲気が変わってたからさあ……」

改めて亜紀を見た。

切れ長の目は涼《すず》やかで、目鼻立ちのくっきりした掛け値無しの美人だ。

さらさらの黒髪が肩まで伸び、整った顔立ちにほのかな色っぽさが加わって、ぐっと女っぽくなっている。

（これが、あの亜紀か？　黒縁眼鏡をかけて地味だった亜紀がこんなにキレイになって……）

若月亜紀は三年C組のクラスメイトだ。

道夫は女の子と喋《しゃべ》るのが苦手だったが、亜紀とは親友の安永を通じてなんとなく話す仲だった。

亜紀は男の子が読むような青年漫画も好きで、ちょっとオタク気質だったから、わりと気兼ねなく話せた数少ない友達といっていいだろう。

（垢抜《あかぬ》けたなあ、亜紀）

いや、元々可愛らしい顔立ちだった。

だからこそ、ひそかに亜紀のことを「いいな」と思っていたのだから。

「久しぶり。懐かしいわ……今、東京から？」

亜紀はちらりと道夫の大きなバッグを見て言った。

「ああ、新幹線でさ。ウチの親、沖縄に移住したの、知ってるっけ？」

「えっ!? 知らないっ。そうなの？」

亜紀が驚いた顔をした。

「そうだよ、信じられるか？　俺が東京に行ったから『じゃあ、こっちも好きにしていいか』って、勝手に沖縄の家を決めちまってさあ」

「えー？　そういえば、高沢くんのお父さんって面白かったもんね。まだ覚えてるよ、運動会でかなりエキサイトしてたの」

「やめろ、その話題は。思い出すだけで顔から火が出る」

親父の度を超えた張り切りぶりは、当時、学校でかなり話題になったのだ。

ふたりでクスクス笑った。そんな懐かしい話をしていると、離れていた年月が一気に縮まった気がする。

「え？　じゃあどこに泊まるの？」

「ビスタスってあるだろ。中学のときにはなかった、ビジネスホテルが」

「ああ、あそこね。いいところみたいね、泊まったことないけど」

「おまえ、適当に言ってるだろ」

またふたりで笑った。

外見はキレイになっても内面は変わっていないと思った。気さくで愛嬌《あいきょう》があって、天真爛漫《てんしんらんまん》。亜紀と話すのは楽しかった。

「ねえ、よかったら今夜、ウチに夕飯食べに来ない？」

思わぬ誘いに、道夫は揺れた。

「いや、いきなり行ったら、安永も困るだろ」

「なんで？　よろこぶと思うよ。ウチの人とも全然会ってないわよね」

「ああ、もちろん」

ウチの人か……。

亜紀の口から出たその言葉は、くすぐったいような、ちょっとモヤモヤした気持ちになる。

「ねえ、いいでしょう？　もし予定がないなら……こっちに来たばっかりで疲れてるかもしれないけど」

「別に疲れてないさ。じゃあ挨拶《あいさつ》がてら、ちょっとだけ」

「やったっ！」

亜紀が弾けるような笑顔を見せたので、ドキッとした。

（あほか。今は安永の奥さんだぞ）

そうは思うものの、久しぶりの再会にときめいてしまう。想像以上に、亜紀が美しくなっていたからだ。

荷物を後部座席に載せて、助手席に乗り込んだ。

高級車らしい革シートの匂いがした。座り心地《ごこち》も抜群だ。

「すごいクルマ乗ってるなあ」

車内を見回しながら言うと、亜紀が苦笑した。

「そうかしら。私、あんまり大きいクルマは好きじゃなくて。でもディーラーの人に勧められたからって、あの人が買っちゃったのよ」

「へえ。安永も変わったなあ」

安永の親は市会議員で、子どもの頃から上等な服を着ていたが、本人はブランド物には一切興味がなかったはずだ。

ベンツが静かに走り出す。亜紀はわりと大胆に運転するので驚いた。

ハンドルを握る亜紀を見る。

軽くウエーブした黒髪から覗《のぞ》く横顔が、女優みたいに美しい。

シックな黒のワンピースが涼やかな美貌によく似合っている。横から見ると胸元が甘美《かんび》なふくらみを見せていた。シートベルトが亜紀の身体に食い込んでいるので、胸の丸みがさらに強調されて、なんともエロいのだ。

ミニ丈《たけ》のワンピースの裾《すそ》がずり上がっているせいで、白い太ももが丸見えでエロかった。

(人の奥さんだぞ、しかも親友の……)

そう思っても、甘い女の匂いも相まって、どうにもそそられる。

しばらく女っ気のない道夫はクラクラした。

2

安永家は眺めのいい高台にあった。

白い壁が特徴的で、一階も二階も窓がかなり大きい。朝になれば日差しもたっぷり入るだろう。

東京の小さな1LDKマンションに住む道夫には、うらやましい限りである。

三十二歳で建てられるような邸宅ではないから、親に援助してもらったのだろう。

そして亜紀のような気立てのいい奥さんとふたり暮らしとなれば、羨望《せんぼう》の眼差しである。

「大きな家だなあ。さすがは安永家だな」

市会議員の義理の父親に、市役所勤めの夫。

地方では地縁血縁がものをいう。安永は勝ち組と言って間違いない。

「そんなに大きくなくてもって言ったんだけどね。お義父さんが『家を建てるんだったら、恥ずかしいものは建てるな』って。援助してもらったから強く言えなくて」

亜紀が苦笑した。

家柄のいいところに嫁《とつ》ぐと、それはそれで苦労があるらしい。

「どうぞ、あがって。散らかってるけど」

玄関を開けて、亜紀がスリッパを出してくれた。

広い玄関の棚の上には金色の虎の置物があった。玄関床は大理石っぽくて、絵に描いたような地方の富裕層である。

散らかっていると言う割にはしっかり整理整頓されていて、シンプルでセンスのいい家だと感じた。

広い廊下を歩いて、リビングに入る。

その一角に畳敷きの座敷があって、そこの座卓に通された。

座敷からは中庭が見えた。夏の日差しに照らされた木々は青々としている。庭をつぶせば、もう二台くらいクルマが駐《と》められそうだなと思ってしまうのは、きっと東京生活が長いせいだろう。

「お待たせ。飲んで待っててね。あの人ももうすぐ帰ってくると思うから」

いつの間にか、亜紀はすでに着替えていた。

もこもこしたタオル地のような素材のルームウエアだ。

上半身は首まわりのゆったりした服で、下は七分丈。ふくらはぎが見えている。すらりとして色っぽい足首だと思った。

亜紀がテーブルに瓶《びん》ビールと冷《ひ》や奴《やっこ》の小鉢を置いた。

「そんな、いいのに」

「たいしたものじゃないわよ。ビールでいいでしょ?」

「ああ、サンキュー」

亜紀がビール瓶を持ったので、道夫がグラスを手に取った。

(あっ……)

ビールをつぐために亜紀が前屈《まえかが》みになったから、緩《ゆる》んだ首元から白いブラジャーと胸の谷間が見えた。

さすがは田舎の人妻だ。いくら友達の前とはいえ警戒心が薄すぎる。

亜紀の色っぽさにドキドキしていたときだ。

「ただいま」

玄関から声がした。

亜紀がぱたぱたとスリッパの音をさせて、リビングから出ていく。

すぐにスーツ姿の恰幅《かっぷく》のいい男が現れたので、道夫はギョッとした。

「おい、安永か？」

「おおー、高沢じゃないか。なんだよ、久しぶりだなあ。たまには連絡くれればいいのに」

安永はわずかに日焼けしていて妙な貫禄《かんろく》があった。正直に言うと、ずいぶん老けた印象だ。

浅黒い顔には面影はあるものの、昔に比べてだいぶ雰囲気は変わっている。

道夫は懐かしさに目を細めた。

「いや、しばらく会ってないと連絡しづらくてさ。それより、なんかひとまわり大きくなったな。着ぐるみでも着てんじゃないのか？」

安永が「あはは」と愉快そうに笑って腹をさすった。

「運動不足なもんでなあ。高沢は全然変わってないな。いやー、久しぶりだ。着替えてくるから飲んで待ってろよ。亜紀、あれあるだろ、お中元でもらったハム……」

「うん。今、出そうと思ってたところ」

「早く出してやれよ、気が利《き》かないな。高沢、ちょっと待っててな」

上機嫌の安永が重たげな身体を揺らしてリビングから出ていく。

亜紀もキッチンに向かう。ゆったりした部屋着なのに、豊満《ほうまん》なヒップが、歩くたびに、むにゅ、むにゅ、と左右に妖《あや》しくよじれている。

(大人の身体つきになったな。あの亜紀が、あんなに色っぽいケツになるなんてなあ)

いやらしい目で見ながら、ふたりの関係が気になった。

安永の言動がどことなく冷たくて、ぞんざいに思えたのだ。

ふたりは結婚して六年だ。六年も一緒にいれば、こんなやりとりが普通なのかもしれない。

ジャージに着替えた安永が、テーブルを挟んで向かい側に座った。

「タイムカプセルの掘り出しで帰って来たんだよな」

「あ、そうか。A組はもう掘ったのか。何を入れたのか、覚えてたか？」

「覚えてないって。掘り返してみて初めて何を入れたか思い出した」

安永とは一、二年は同じクラスだったが、三年時は別のクラスだった。

彼は三年A組だ。

「何が入ってた？」

「自分宛の手紙。それと亜紀の写真」

「……のろけか？」

「事実だって。まああいつには言ってないけどな。あはは」

豪快に笑った。ちょっと嫉妬《しっと》してしまう。

「やっぱりなんか変わったなあ、雰囲気」

「そうかなあ？　太ったからじゃないか？　しかし高沢はホント、まったく雰囲気も変わんないなあ。ちょっとは明るくなったみたいだけど」

その通りだったが、安永の言い方に棘《とげ》を感じた。

「おまえだって、そんなに社交的じゃなかっただろう」

「そうだっけ？」

からからと安永が笑った。

そこは忘れているのか。都合がいいなと思った。本人に自覚はないが、安永には相手を怒らせてしまうところがあって、クラスの一部の連中からは疎《うと》まれていたのである。

だけど、映画やアニメに詳しかったので、道夫とは馬が合ったのだ。

亜紀がグラスと安永の小鉢を持ってきた。

「なあ亜紀。俺って中学時代、人付き合い悪かったかなあ」

安永が訊くと、亜紀はビールをつぎながら苦笑した。

「そうねえ、よくはなかったかな」

きっぱり言われて、安永は口を尖《とが》らせた。

「まあいいや、あんときのクラスの一軍連中、今は俺んところに頭を下げに来るんだぜ。親父に取り次いでくれってさ。いい気味だ」

安永は電子タバコに火をつけて、うまそうに煙を吐いた。

しばらくは、お互いの近況報告だった。

実家がなくなったことに、安永は爆笑した。そして安永は市役所に勤めながらも父親の市議の手伝いをしているらしい。

「親父さんの跡を継いで、将来は市議になるのか？」

「いやいや、市議なんか大変なばっかりでさ。年がら年中、やれ法事だ、盆踊りだ、カラオケ大会だって」

そう言いつつも、ちょっと自慢げだ。

「おまえはなんだっけ？　ＩＴの会社？」

「今は脱サラして、フリーでやってる」

安永がグラスを置いて「へえぇ」と大げさに感心した声を出す。

「俺、そういうＩＴとか全然わかんないからさ。そうだ、今度、親父のホームページとかつくってもらおうかな。連絡するよ」

「ああ、いいぞ。俺にできることなら」

そう言いつつも、社交辞令なんだろうなと思った。

連絡先も、つくったサイトを見たいとも、安永は言わなかったからだ。

亜紀が天ぷらを出してくれた。うまそうな匂いだ。

塩で食べてねと言われ、塩をつけて口に運ぶ。

「うまいっ」

「ホント？　ありがとう」

亜紀は安永の隣に座り、ビールを飲んだ。

「くー、美味《おい》しいっ」

唸《うな》るように言うので道夫は笑った。

「ホントにうまそうに飲むよなあ。なんか覚えてるよ、その表情。部活終わりに水を飲んでるときも同じ顔してたぞ」

道夫は亜紀とともに、バスケ部にいた。

女子部員が少なかったので、男女一緒に練習をしていたのだ。

「バスケ部ね、懐かしいわ。高沢くん、女子の身体にぶつからないように、すごくぎこちないディフェンスしてた」

「しょうがないだろ。あんときは、めっちゃ純情だったんだから」

ふたりで笑っていると、安永が急に話題を変えた。

「それにしても薄情だよなあ、高沢。結婚式に来なかったの」

顔が笑っていなくて、咎めるような口調だった。

安永や亜紀とは高校が別になってから疎遠《そえん》になり、その後、道夫は東京の大学に進学して、安永は地元新潟の国立大学に入学、亜紀も地元の短大に進んだ。

安永は中学三年のときに亜紀に告白したが、高校の三年間は付き合ってなかったらしい。付き合いが始まったのは大学一年のときだと聞いている。

安永は大学を卒業して市役所に就職。ふたりが結婚したのは二十六歳のときだから、交際期間はかなり長いのだ。

「すまん。どうしても抜けられない仕事だったんだって」

「だけど、親友の結婚式だぞ」

安永がビールをついできた。浅黒い顔が、ちょっと赤くなっていた。ペースが速いから酔ってきたのだろう。

「仕方ないじゃないの」

亜紀が助け船を出してくれた。こちらも目の下がねっとり赤く染まっていた。前屈みになってビールをついでくれると、また深い谷間が覗けた。たわわな左右のふくらみが、ギュッと中央でせめぎ合っている。

クルマの中でも思ったのだが、中学を卒業してから亜紀の胸はだいぶ大きく成長したようだ。

黒髪から覗く首筋もほんのりと朱に染まり、唇も艶《つや》を増して、人妻の色香が漂《ただよ》ってくる。

「なあに、高沢くん」

亜紀が笑いながら言った。ハッとして、

「いや、ふたりとも大人になったなあって」

と慌てて誤魔化した。

ふたりが、お互いに顔を見合わせる。

安永は亜紀の胸を見ながら目を細めた。

「そうかなあ。あっ、亜紀の胸はかなりでっかくなったよな。いてっ」

亜紀が安永の腕を叩いて、ふくれた。

ふたりの様子がうらやましかったが、もちろんおくびにも出さない。

安永が笑いながら訊いてきた。

「おまえは結婚しないのか」

「忙《いそが》しくてなあ」

「そっか。東京で暮らすって大変なんだなあ」

「こっちだって一緒だろう」

「まあな、ウチはまあそうでもないけど。あのさ、石川奈緒美《いしかわなおみ》ってクラスにいたの覚えてるか？」

道夫はぼんやりと思い出した。

わりと可愛らしい、学年でも目立っていた女の子だ。

「ああ、覚えてる」

「あれな、骨肉《こつにく》の争いしてるぞ。親父さんが亡くなって、姉妹と後妻《ごさい》が実家の土地と上物《うわもの》を巡って裁判沙汰《ざた》だ」

「へえ」

道夫は適当に相づちを打った。

やはり親が市議会議員だと、いろんな情報が入ってくるようだが、正直それほど興味はなかった。

道夫の反応を無視して安永は続ける。

「それとさ、糸井《いとい》って、クラスで人気あったヤツいただろ」

「いた、サッカー部の……」

「あれの弟、暴力団に入ったらしいぞ。しかも親が新興宗教にはまったみたいでさ。あんなに女にモテてたのに、気の毒だよな」

口では気の毒と言いつつも、顔はヘラヘラ笑っていた。

「そういえば、高沢くん、関口《せきぐち》先生って覚えてる？　教育実習で一ヶ月くらいウチのクラスに来てた女子大生の……」

亜紀が別の話を始めた。

安永が口にする噂話《うわさばなし》を聞いていられなかったのだろう。

関口先生のことは、すぐに思い出した。とても可愛らしい先生で、実習が始まってすぐに話題になった。

実習期間中、ちょうどクラス委員をしていた道夫も熱をあげていたし、クラスの、いや学校中の男子が騒いでいた。憧れの女子大生のお姉さんといった雰囲気で、小柄だがムッチリとしたセクシーな身体つきだったので、思春期の男子には目の毒だった。

「いたなあ。可愛らしい先生だった」

「関口先生、今、隣の中学校の英語の先生をしてるんだけど、少し前までウチの中学の先生だったの」

「へえ。ホントに教師になったんだ。結婚したんだっけ」

「うん。少し休んでたけど、また復帰してね。すごくいい先生だって評判よ」

その話題に安永も入ってきた。

「ああ、里香《りか》ちゃんか。懐かしいなあ、短いタイトスカート穿《は》いて、お尻を振って歩いててさ、色っぽかったよなあ」

安永がウヒヒと笑った。亜紀が顔をしかめた。

「なんだよ、高沢だって同じだぞ。里香ちゃんが階段を昇っているときとか、下から一緒に覗いたりして。なあ？」

亜紀が赤ら顔でこっちを向いた。

あやうくビールを噴き出しそうになって、軽く噎《む》せた。

「い、いや、若気の至りだって。あほか、そんなこと言うなよ」

「いいじゃないかよ。なあ、こいつも真面目そうな顔してるけど、結構エロかったんだぜ。亜紀のブラウスの背中にブラジャーの線が透けてたときとか、スカートの中が見えたときとか、すげえ興奮してさあ」

亜紀が目を丸くしてこちらを見た。

カアッと全身が熱くなる。

「そ、それは安永の方だろ。おまえと一緒にするなよ」

「いいや、覚えてる。そういえば、おまえ、亜紀に気があったんじゃなかったっけ？」

底意地悪そうな顔で安永が言った。

亜紀が戸惑った顔をしている。

「もうっ、感じ悪い」

「そんなわけないだろ」

そう言うしかなかった。ホントは好きだったけど、今、この場でそんなことを言えるはずがない。本当のことを言っても気まずくなるだけだ。

場に微妙な空気が流れたとき、

「私、お風呂に入ってこようかな。ちょっと汗かいちゃったし」

亜紀がそう言って、中座《ちゅうざ》しようとした。

「高沢も一緒に入ったらどうだ？」

安永がまたイヒヒと笑いながら、からかった。

ちょっとムッとすると、

「ええ？　高沢くん、一緒に入っちゃう？　あの頃よりちょっと太っちゃったけど、私の裸、見ちゃう？」

と、場の空気を察した亜紀がキュートにウインクする。

「あ、あほか。さっさと入ってこいよ」

三人で笑った。

亜紀の機転で場が和《なご》み、道夫はホッと胸を撫《な》で下ろした。

3

午後九時をまわった頃だ。

安永がリビングのソファに横になって居眠りを始めた。

やけにピッチが速いと思っていたが、元々そんなに酒が強い方ではなかったようだ。

「あれっ、こんなところでもう寝ちゃってる」

亜紀がリビングに戻ってきて、ため息をついた。

風呂あがりのボディソープやらシャンプーの甘ったるい匂いが漂った。

白いTシャツにショートパンツで、ちょっと無警戒すぎないか、と道夫は、剝《む》き出しの白い太ももを見て、どぎまぎしてしまう。

「ねえ、あなた。起きてよ。ちゃんとベッドで寝てよ」

亜紀が安永の巨体を揺すると、

「んん？　ああ、寝ちゃったか……」

と安永は大あくびをしながら、むにゃむにゃと口を動かして、ゆっくり立ち上がった。

「はい、寝室に行くわよ」

亜紀が身を寄せると、安永は亜紀につかまりながら、

「高沢、すまんっ。先に寝る。風呂にでも入って、今日は泊まってってくれ」

と言い残し、ふらふらしながら亜紀の肩を借りてリビングを出ていった。

（やっぱり変わったなあ……安永も、亜紀も）

安永とは正直、ちょっと距離ができたと感じた。

亜紀は年相応に美しくなったが、性格的なものは変わっていなかった。

あの明るく天真爛漫《てんしんらんまん》だった元同級生が、甲斐甲斐しく旦那の世話をしている姿はなかなか新鮮だ。

それに、湯あがりの色っぽさがたまらなかった。

Tシャツにショートパンツという無防備な格好がやけにそそった。

胸のふくらみはいやらしく、ショートパンツから伸びた太ももは三十二歳の人妻らしく肉感的でムチムチだった。

学生のとき……安永に気兼ねせずに自分が告白していたら……。

（いや、今さら言ってもしょうがない。亜紀はもう安永の奥さんなのだ）

そろそろお暇《いとま》するかと準備をしていたら、亜紀が戻ってきた。

「すぐ寝ちゃった。きっとうれしかったのよ、久しぶりに高沢くんに会えて」

「そうか。よかったよ、俺もふたりに会えて。しかもご馳走《ちそう》になっちゃって」

「たいしたおもてなしもできなかったけど、よろこんでもらえてよかったわ。私もビールをいただくわね。まだ飲むでしょう？」

亜紀に言われて、もう帰るとは言えなくなった。

（まあいいか、久しぶりなんだし……）

今度はリビングのソファに座る。

亜紀が首にかけたタオルで髪を拭《ふ》きながら、キッチンに向かった。その後ろ姿が艶《なま》めかしくて、ついつい目で追ってしまう。

ショートパンツをピチピチに盛り上げている、はちきれんばかりに成長した大きなヒップもたまらないが、Ｔシャツに浮いたブラ線がなんともエッチだ。

（あほか、俺は……中学のときとなんも変わってないじゃないか）

心の中で苦笑していると亜紀が缶ビールを渡してくれた。亜紀がローテーブルを挟んで向かい側に座った。

ふたりで缶ビールを合わせてから、喉《のど》に流し込む。

「あー、おいしいっ！」

弾けるような笑顔で言われると、こちらもうれしくなってしまう。

亜紀が缶ビールをテーブルに置いて照れ笑いを浮かべた。

「不思議よねえ。中学生のときは、まさか彼と結婚するなんて思ってなかったもの」

「安永の押しに負けたのか？」

訊くと亜紀は小首をかしげた。

「そんなことないけど……あ、あの人ね、結構ズケズケ言っちゃったけど、あまり気にしないでもらえると……」

「わかってるよ、付き合い長いんだから」

そうは言うものの、昔よりもずいぶん横柄《おうへい》になった気がした。

「よかった。悪気はないんだけど、人によっては気を悪くしちゃうから……」

亜紀はハアッとため息をついてから、またビールを呷《あお》った。

「それより、大丈夫なのか、夫婦仲は」

わざとからかうように言うと、亜紀はぎこちなく笑った。

「それはまあ、平気、かな」

そう言うものの、少し寂《さみ》しそうに見えた。

切れ長の目が今はとろんととろけている。双眸《そうぼう》がまるで誘っているようにも見えた。どうも勘違いしてしまいそうだ。

「でも、大人になって高沢くんも少し変わったんじゃない？」

目と目が合うと照れてしまい、つい視線をそらしてしまう。

「俺が？」

「うん。なんかもっと物静かだった」

「そう。今も物静かだけど……」

「ウフフ、そうじゃなくて、もっと真面目な人だと思ってたの」

「真面目だったってば……」

道夫は息を呑んだ。

亜紀が身を乗り出してきたのだ。

（うっ）

可愛らしい人妻の上目遣《うえめづか》いが、こんなにも破壊力があるとは……思わず、全身をカアッと熱くさせてしまう。

亜紀はまだ酔っているのか頬《ほほ》を赤らめ、イタズラっぽい笑みを浮かべている。

「な、なんだよ……」

「ウフフ。知らなかった。私のスカートの中を覗いてたなんて」

Tシャツの襟元から、胸の谷間が見えている。道夫はカアッと顔を熱くした。

もう心臓がバクバクして、亜紀の顔をまともに見れなかった。

「いや、あれは不可抗力っていうか……あ、あいつが、階段の下からスカートの中を覗いていたのを注意しようとして……」

まさかあの亜紀が、いやらしい話題に乗ってくるなんて。

不謹慎ながら、ちょっと下半身が熱く火照《ほて》ってきた。

「でもホントに見えたの？」

亜紀がクスクス笑いながら訊いてくる。

「な、何が？」

「私のパンツ」

「え？　いや、あんときはみんなパンチラ防止にスパッツ穿いてただろ。亜紀も黒いスパッツ……」

ハッとして口をつぐむ。亜紀が色っぽく口角を上げていた。

「やっぱり見たんだ。エッチィ……もう幻滅っ！」

「いや、その……」

誘導尋問に引っかかってしまった。

ますます赤くなっていると、亜紀がウフフと楽しそうに笑った。

「冗談よ。だってもう十……十七年か。うわー、年取っちゃったわね、お互いに」

亜紀が急に話を変えたので、ホッとした反面、残念な気持ちになった。

「そりゃまあな。俺もなあ……あのとき」

「何、あのときって？　もっと見たかったたってこと？」

亜紀が興味津々で訊いてくる。

「ち、違うよ。もっと素直だったらよかったなあって。なんか斜《しゃ》に構えてたっていうか」

「みんな若い頃はそういうものよ、きっと」

いや、本当は……あのとき、安永より先に告白していれば……と思ったのだ。

もっと素直になっていたら……いや、何も変わらなかっただろうな。

壁掛けの時計がポーンと鳴った。

（ん？）

一瞬、どこで目を覚ましたのかわからなかった。

すぐに頭を巡らせて、ああ、安永の家だったとぼんやり思う。

十時半を過ぎたあたりで、クルマを呼んでもらおうとタクシー会社に連絡したが、なかなか配車されなかった。

一時間くらいかかるとタクシー会社の受付に言われ、「それなら泊まっていったら？」と亜紀の言葉に甘えることにして、リビングの座敷に布団を敷いてもらったのだ。

（今何時だ？）

枕元のスマホを見たら、まだ午前二時だった。

風呂に入ってすぐ眠りについたのだが、どうやら尿意をもよおしたようで自然と目が覚めてしまった。

あくびをしながらリビングを出た。

安永の新品のＴシャツとパンツを借りていた。下着姿で他人の家の中を歩くのは気が引けたが、亜紀もかなり飲んでいたから起きてくることはないだろう。

（しかし、びっくりしたな……あの亜紀が、エロい話題を自分からしてくるなんてなあ）

暗い中をトイレに行きながら、亜紀のTシャツの胸のふくらみやショートパンツのヒップを思い出す。

するとたちまち勃起《ぼっき》してしまい、用を足すときに苦労してしまった。

なんとか終えて戻ろうとしたときだ。

ふと廊下の突き当たりを見ると、ドアの隙間からわずかに明かりが漏れていた。多分夫婦の寝室なのだろう。

（まだ起きているのかな……？）

それにしても、大きな家だと思う。

安永の父親が見栄をはって建てたらしいが、ふたり暮らしでは持て余すのではないか。

（そういえば、あいつら子どもはつくらないのかな）

親がこれほど大きな家を建てたのは、見栄もそうだが、孫が生まれることを想定したからだろう。

孫を期待されてるようだったら、亜紀がちょっと気の毒になる。

そんなことを考えてるときだった。

奥の寝室の方から物音がした。小さな話し声も聞こえてくる。

（やっぱり起きてるのか？）

夫婦でどんな会話をしているのだろう。

ちょっとだけ気になった。

しかしドアのところまで近づくと、それは会話でないことがわかった。

「ん……んっ……」

ドアの隙間から吐息が聞こえた。

寝息ではない。

もっといやらしくて、色っぽい声だった。

例えるならエッチな動画を見ているときに、イヤホンから漏れてくるような喘《あえ》ぎ声に似ていた。ふたりが深夜にそんな動画を見るわけがない。

ということは……。

（ふたりが……夜の営みを……しているっ⁉）

一気に頭が沸騰《ふっとう》した。

これはだめだ、聞いてはいけない。

座敷に戻ろうとした。

だが、そんな気持ちとは裏腹に、ボクサーパンツの前が痛いほどふくらんでいた。

亜紀の胸のふくらみや尻の丸みが、脳裏にちらついた。

色っぽく変貌を遂げた元同級生の閨《ねや》での乱れた姿が、その色っぽい吐息から想像できた。

だめだとわかっていても、道夫はそっとドアに身体を寄せ、息を止めて全神経を耳に集中させた。

「あんっ……だめっ……いやっ……」

亜紀のせつなそうな囁《ささや》き声が聞こえた。

極度の緊張で、全身の皮膚《ひふ》がじんわりと汗ばんだ。

「あっ……あんっ……だめっ……高沢くんが泊まってるのに……」

つぶやきが漏れ聞こえてきた。いやらしい亜紀の声に脚が震えた。

股間がズキズキと脈動《みゃくどう》する。

(盗み聞きなんて、最低だ……)

しかし、亜紀の美貌を考えると欲情せずにはいられなかった。

いい女だった。しかも男をそそるタイプである。

さらさらの黒髪を肩まで伸ばし、切れ長の目に小高い鼻、ひかえめな唇も品があった。

人妻の色気がムンムンと漂っていた。

さらに黙って聞いていると、

「そんなこと言って。ホントはこういうのが好きなんだろう？　高沢がいるときに抱かれて、興奮してるんだろ？」

安永の声がした。

「あん、いやっ……そんなこと言わないで」

「ウソつけ。今日はすごく締まるぞ？」

締まり⁉　頭の中がクラクラした。

そして底意地悪そうな安永の台詞に道夫は驚いた。

（あいつ、ドSだったのかよ……）

本能的に道夫の手がドアノブにかかっていた。

バレたら終わりだと頭ではわかっているのだが、それでも、亜紀のいやらしい姿が見たかった。

震える手でドアノブをつかむ。

慎重にまわすと、ほんの数ミリだけドアが開いて、わずかな光が漏れてきた。

「ああっ……だめっ……やめてっ……こんなやり方っ……」

声が先ほどよりもはっきり聞こえた。

おそるおそる顔をドアの隙間に近づけると、ダブルベッドが見えた。

そのときだ。

(ああっ!)

サイドテーブルに置かれたライトに照らされて、素っ裸の亜紀がベッドの上で激しく動いていた。

「ああ、あなた……いやっ……!」

いやいやをするように、亜紀が首を振りたくっている。

小さな明かりの中で、亜紀の剝き出しの乳房が上下に揺れている。

よくは見えないが張りのある、美しい形をしていた。

(あ、亜紀のおっぱいっ! ああ……キレイだ……)

ボクサーパンツの中が痛いほど硬くなる。

よく見れば、仰向けに寝そべっている安永の腰の上にまたがって腰を動かしていた。

騎乗位だった。

そして亜紀は両手を自分の背の方にまわして隠していた。

妙に不自然な格好だった。

下から安永が突き上げているから不安定で、前に倒れてしまいそうなほどアンバランスなのに、亜紀はなぜか両手を前に出そうとはしなかった。

4

「お願いっ……せめてこれを外して……」

亜紀が消え入りそうな声で懇願した。

(外す？　外すって何を……えっ！)

道夫は目を大きく見開いた。

亜紀が身をよじったので白い背中が見えた。

あまりに衝撃的な光景だった。

革ベルトだ。

亜紀は革のベルトで両手首を背後で拘束《こうそく》されていて、抗《あらが》えないようにされていたのだ。

(なっ！　安永……亜紀のことを無理矢理……)

だが亜紀は本気で逃げようとはしていない。されるがままになっている。

「外してなんて。こうされた方が燃えるんだろう?」

安永が下から両手を伸ばしてきて、亜紀の立派にふくらんだ乳房をギュッと揉《も》みしだいた。

「あっ! んンッ……」

ごつい指が、亜紀の白い乳房を揉みくちゃにし、さらに乳首をつまんでくりくりと転がしている。

「あんッ……だめっ、声が……声が出ちゃうっ……」

「ガマンしろよ。フフッ、まあ聞かせてやってもいいぜ。この亜紀の乱れた姿を高沢が見たら、びっくりするだろうな」

「いやっ……そんなこと……言わないでっ」

亜紀はハアハアと息づかいを荒くし、身体を汗でぬめらせていた。

ときおりライトに照らされた影が大きくうごめき、より淫靡《いんび》なシルエットを浮かびあがらせていた。

(こ、興奮してるのか? 俺に見られるかもしれないから……?)

信じられなかった。

あの真面目だった亜紀が……黒縁眼鏡をかけて地味だった亜紀が……両手首に革ベルトを嵌《は》められ、言葉責めをされて感じている。

「フフッ。いやがってるフリしてもわかるぞ。身体が火照ってすげえ汗ばんでるじゃないか。亜紀のこのスケベな匂いがたまんないよ」

安永は突き上げながら、クンクンとわざと音を立てて匂いを嗅《か》いでいる。

「か、嗅がないでっ。汗の匂いなんてっ」

亜紀が恥じらい、首を左右にふりたくる。

安永の太い指が、亜紀のおっぱいにさらに食い込んだ。

「あっ……あんっ……いやんっ……だめっ……」

革ベルトを嵌められ、後ろ手に拘束された亜紀。

あの亜紀が騎乗位で下から突き上げられ、眉《まゆ》をハの字に歪《ゆが》めて、ひっきりなしにいやらしい声を漏らしている。

(ああっ……亜紀っ……)

道夫は自然とボクサーパンツの上から、自分の股間を握りしめていた。

安永がまた、ククッ、と笑った。

「何を言ってるんだ。もう乳首がカチカチじゃないか。革ベルトで縛られて疼《うず》いてんだろ」

「そんなこと……ああっ……」

どうやら乳首が感じるのか、指でそこを刺激されるたびに、亜紀の上半身が、ビクンビクン、と小刻みに震えた。

「だめっ！　あああん……」

「おいおい。そんなに大きい声を出すと、ホントに高沢に聞こえちまうぞ。あいつ、おまえのことといやらしい目で見てたぞ」

ククッと底意地悪く安永が笑う。

「高沢くんは、そんなことっ……ああん」

下からガンガンに突き上げられて、亜紀が甘い声を漏らす。

パンパンという打擲音《ちようちやくおん》が鳴り響き、いっそう安永の腰の動きが激しくなっていく。

「すごい濡れようだな。あいつに久しぶりに、いやらしい目で見られて興奮したんだろ。あいつはおまえに惚《ほ》れてたんだ」

「ち、違うわっ。高沢くんは……はあっ、あああっ！」

夫婦なのはわかっている。

だけど、嫉妬が燃えあがった。

（くそっ）

心の中で悪態をつきながら、それでも勃起は収まらない。

屹立《きつりつ》が痛いほどみなぎり、切っ先からガマン汁があふれていた。下を見ればパンツの股間に小さなシミをつくっている。

ハアハアと息があがる。

エロい。

亜紀がエロすぎる。

もっと亜紀の乱れた姿を見たいという欲求が、道夫の警戒心を薄めていった。

そのとき……亜紀の視線が一瞬、こちらに向いた。

（まずいっ！）

亜紀と完全に目が合った。

道夫はドアの隙間から顔を外した。

逃げようと思った。

だが……ドアの向こうの亜紀は何も言わなかった。

おかしい。

覗いているとは口にしないまでも、覗かれているのがわかったのなら、セックスを中断するのではないか？

しかし、

「ああんっ……い、いやっ……もうやめて……もし高沢くんに見られたら……」

聞こえてきたのは亜紀の甘ったるい声だった。

（どうして……？　覗かれていることに気づいたはずだろう）

しばらくドアの横で息を潜《ひそ》めていた。

だがどうしてもガマンできず、また中を覗いてしまった。

騎乗位のセックスが続いている。

道夫が覗いていることなど気にも留めずに、亜紀は乱れていた。

亜紀の黒い髪の毛の隙間から表情が見えた。

眉根をハの字にして、切れ長の目はとろんととろけていた。

（亜紀っ、亜紀っ……くうう、あんなエロい表情をして……いいのか？　俺が見ていても、いいのか？）

覗きながら、道夫はボクサーパンツを下ろして、みなぎったモノをシゴいていた。

そうしないとおかしくなりそうだったのだ。

ドアの向こうで安永の声がまた一段と大きくなる。

「くううっ、今までで一番締まってるじゃないか。やっぱり誰かに見られるんじゃないかって思って、興奮してるんだなっ！」

「いやっ、そんなことないっ……はああんっ……」

亜紀が安永の上でバウンドしていた。

胸を揉まれるだけでなく、身体中を撫でまわされている。

「いやああっ……ああんっ、はああんっ」

ほのかな光に照らされた亜紀の白い裸体は、もう汗でぬるぬるだ。

セックスのいやらしい匂いまで鼻先に漂ってくるような気がして、道夫は猛烈に昂《たか》ぶっていた。

嫉妬と覗きの、みじめさ──。

だが一瞬たりとも目が離せなかった。

好きだった女が目の前で犯されているような感覚さえあって、それが強烈な興奮を与えてくる。

（俺は、ヘンタイだ……最悪だ……）

そう思いつつも、手淫《しゅいん》の動きはさらに速くなっていく。

「すげえ締まるぞ。いいぞ、亜紀っ。高沢に聞こえるように、いやらしい声をもっと出せっ！」

安永もひどく興奮しながら、さらに下からガンガン突き上げた。

亜紀が感じた顔を見せつつも、こちらをちらりと見た。

そして、

「あンンッ、声、声出ちゃうよお……声を聞かれたらっ……恥ずかしい。こんな姿を高沢くんに見られたらっ……はああっ、あああんっ」

道夫はカッと目を見開いた。

（あ、亜紀……！　俺に覗かれてるのを承知で、あんな声を……）

亜紀がこちらを意識しながら、腰をぐりんぐりんと前後にいやらしくまわし始めた。

まるでサンバの踊りのようだ。

亜紀の細い腰が、くいっ、くいっ、と前に突き出される。

もっと欲しいと、亜紀の方から安永の股間におねだりしている。

「おおお！　亜紀っ、い、いいぞ、締まるっ、締まるぞっ。ほうら、高沢が起きてくるぞ、見せつけてやれっ」

安永は大きな腹を必死に波打たせるように腰を上下に激しく揺すり、スレンダーな亜紀の身体を凌辱していた。

彼女の大きな尻が、ぱんっ、ぱんっ、と肉打ちの音を響かせる。

汗が飛び散り、安永の腹のあたりに、玉の汗が、ぽたっ、ぽたっ、と雫《しずく》のように落ちていく。

（亜紀が……革ベルトで拘束され、騎乗位でおもちゃにされて、それでも感じている。しかも俺に見られているのを知っていて……）

みじめだった。

だが昂ぶった。

道夫は覗きながら、欲望のままに激しく勃起をシゴキまくった。

ベッドがギシギシと音を立てて揺れている。

亜紀は、

「あっ……あっ……は、激し……だめっ、だめぇぇっ！」

と泣き声をあふれさせながら、壊れた人形のように腰を振りまくっている。

「いいぞ、見せてやれ、高沢に。亜紀のスケベ丸出しの姿を、見せつけてやるんだっ」

「いやっ！　言わないでっ……スケベなんて言わないでっ……ああん、こんな格好、恥ずかしいっ！　ああっ、はああん……」

今にも泣き出しそうな表情なのに、亜紀は腰をしゃくりあげていた。

瞳には欲情の炎が揺らめいている。

昔のクラスメイトに覗かれている異常な状況に、亜紀は興奮しているのだ。

そして、安永の腰がぐりんぐりんとまわるように動き始めた。

「あああああ！　だ、だめっ……あなたっ！　ああんっ、だめっ……イクッ、イッちゃいそうっ……ッ……お、お願いっ、だめっ……お、おかしくなるっぅ」

亜紀は髪を振り乱し、激しく身悶《みもだ》えする。

「いいぞ、イケッ、イケよ。出すぞっ、このまま奥まで浴びせてやるからな」

「ああ、あなた、許してっ……私、もうっ……はああっ！」

「おおおおっ、で、出るッ、出る出るぅ！　くううう！」

激しく下から突いていた安永が、小刻みに痙攣《けいれん》を始めた。

「ああんっ、あなたっ、だめっ……い、イッちゃう……イックゥゥゥウ！」

叫んだ亜紀も安永の上で、ガクンガクンと激しく痙攣し、硬直した。

股間をブルブルと震わせながら、道夫の目の前で亜紀は絶頂に達したのだ。

亜紀がだらしなく口を開けて天井を見あげ、呆然《ぼうぜん》としている。

だが、その目は何も見えておらず、淫らな恍惚《こうこつ》の境地を浮遊しているだけだった。

熱い精液が膣内《ちつない》に注がれているのを、全身で感じているのだろう。

しばらく時間が経っても、亜紀が結合を解くことはなかった。中出しされた感触に浸っているようだった。

(俺が覗いてるのを知ってて……安永に中出しされてイクなんて……くっそ、くそっ……)

ペニスの先が熱くなる。

あっ、と思ったときには、道夫もガクガクと爪先を震わせて、暗い廊下に欲望を飛び散らせていた。

(まずいっ)

射精したことで急に冷静になった。

慌ててパンツを下ろして、そのパンツで、廊下に飛び散ったザーメンを拭《ぬぐ》い取った。安永の声が聞こえた。再び隙間から中を覗いた。

「ハアッ、ハアッ……すごかったぜ、亜紀」

「い、言わないで……」

後ろ手に拘束されたままの亜紀が、ちらりとこちらを見た。

亜紀は引きつったような表情をしていた。

第二章　地味OLの筆下ろし

1

翌朝。

悶々《もんもん》としたまま、道夫は安永家のダイニングに向かった。

当然ながら、まったく眠れなかった。

本当はふたりが起きる前に帰ってしまいたかったが、それではあまりに失礼すぎる。

朝日がたっぷり射し込む明るいダイニングに行くと、亜紀はピンクのエプロンをして朝食の用意をしていた。

「あ、おはよ」

道夫に気づいて、亜紀がニコッと微笑《ほほえ》んだ。

昨日と同じ笑顔だった。

もしかしたら、昨晩見た寝室の光景は夢だったかと思ったけれど、こちらを見てわずかに引きつった亜紀の表情が脳裏に焼きついている。

「お、おはよう」

少し緊張気味に道夫が挨拶すると、

「昨日は眠れたかしら」

と亜紀がさらりと言った。

(一瞬、目が合ったことは、なかったことにするつもりなんだな)

まあ当然だろう。

道夫も言及しないことにした。

「あ、ああ……ぐっすり眠れたよ」

「よかった。ねえ、すぐに朝ご飯の用意をするから、座って待ってて」

「わ、悪いな。食べたらすぐ出るから」

椅子《いす》に座ると、亜紀がコーヒーを淹《い》れてくれた。

(や、やばいな……意識するなって方が無理だ……昨晩、亜紀は革ベルトで拘束される、アブノーマルプレイをしていたんだぞ)

亜紀はTシャツにスリムなデニム、そしてピンクのエプロンというラフな格好だったが、ついついエプロンをこんもりと盛りあげるバストや、パンパンに張ったヒップに自然と目がいってしまう。

(痩《や》せてると思ってたけど、人妻っぽいムッチリした身体だったな)

乳房にもヒップにも、たっぷりとボリュームがあった。

脂《あぶら》の乗った柔らかそうなボディは、ギュッと抱きしめたら、かなり気持ちよさそうだ。

下腹部がやたらにエッチに見えた。

腰をあんなに激しく前に突き動かしていたのだ。

だから今朝のデニムの腰つきがやたらとエロく見えてしまう。

(だめだ。亜紀は安永の奥さんだぞ。それに友達だ。忘れろ、忘れるんだ……)

と思いつつも、朝っぱらから股間が熱くなっている。

昨夜……。

見られているのを承知で、亜紀は中出しされてイッたのだ。

俺に見せつけていたのか。

それとも見られることで興奮したのか……。

わからない。

わからないが口惜《くや》しかった。

亜紀が箸《はし》を道夫の前に置いた。

わずかに柑橘《かんきつ》系の爽《さわ》やかな匂いがする。

優しげな笑みを見せる器量《きりよう》良しの奥さん、という雰囲気なのに、昨晩のことがあって、その表情すらいやらしく見えてしまう。

「ふわわ。すまん、高沢。昨日は申し訳なかった。先に寝ちまって」

安永が大あくびをしながら、ダイニングに入ってきた。

髪がぼさぼさで、Tシャツの腹がだいぶ出っ張っている。

道夫は緊張を隠して軽口を叩く。

「ソファに横になったと思ったら、すぐにいびきをかき始めてさ。ラッコみたいだったぞ」

安永が豪快に笑った。

「そうか。こう見えて腹の上でアワビやハマグリの貝を割るの、得意だぞ。こうやってな」

安永がラッコの真似をしてみせたが、どう見てもセックスを連想させる動きにしか見えなかった。

亜紀がコーヒーカップを安永の前に置いた。

「ああ、それより高沢、昨日はどこで寝たんだ？　座敷か」

安永が何気なしに訊いてきた。

道夫はちらりと亜紀を見てから答えた。

「亜紀に布団を敷いてもらってさ。久しぶりだよ、あんなにすごい蛙《かえる》の合唱を聞きながら寝たのは」

「都会では聞こえないよな。で、今日は亜紀と一緒にタイムカプセルを掘りに行くのか？」

安永がコーヒーをすすりながら言う。

亜紀の出してくれたサラダを口に運びながら、

「まあ帰省したのは、それが目的だからな」

と答えた。

亜紀も座ってトーストにジャムを塗《ぬ》っている。

ふいに目が合うと、亜紀は手を滑らせてジャムの小瓶を落としてしまった。

「おいおいどうした？　寝ぼけてるのか？」

安永が笑うと亜紀は、

「うん、なんでもないの」

と笑ったが、明らかに動揺していた。

(まあそうだよな。拘束プレイを見られて、普通でいられるわけがない)

とても居たたまれなかった。

早く帰りたい。

安永は箸でハムエッグを割りながら、しみじみ言った。

「タイムカプセルなあ……俺もまさか、あんな物を入れてたとは思わなかったぜ。中坊のときって何考えてたんだろうな」

「自分宛の手紙、なんて書いてあったんだ？」

「アニメーターになってる自分を想定して書いてたな。あと自筆のマンガも入ってたぞ。すげえ下手くそだった。早めに諦《あきら》めてよかったと思ったよ」

安永が苦笑する。

そして安永は、ハムエッグを大きな口で一気にたいらげ、コーヒーで流し込んでから続けた。

「あんときは大人になるなんて想像できなかったもんなあ。三十二なんて、十五のときはジジイだと思ってたぜ。なのに、いざこの歳になってみると、あの頃と何にも変わってないんだもんな」

　わかる気がした。

　年を取れば、自然に大人になるものだと思っていた。

　アニメに興味がなくなって、経済や政治の話をして、株とか財テクとか、そういったよくわからないものに手を出すのかと。

　しかし、アニメもゲームも趣味は続いている。

　そういえば、大人になったのに、選挙に足を運んでいない。

　フリーランスになって、どれだけ派手に税金を取られているかわかるようになったけれど、選挙には忙しさにかまけて行ったことがなかった。

「確かに。なんか成長した気がしないな」

「だろ？　あんときも今も同じさ。考えてるのはスケベなことばっかり」

　安永が朝からイヒヒと下世話に笑う。

　道夫は顔を引きつらせた。

（スケベなこと……スケベなことか……）

　亜紀が顔を真っ赤にしてうつむいた。

「もう、朝からへんなこと言わないで」

「亜紀はタイムカプセルに何を入れたんだよ」

安永がトーストをかじりながら訊いた。

「えっ、私？　な、何を入れたって……なんだったっけ。私も忘れちゃった」

言いながら、ドギマギしている。道夫は亜紀の方を見ないようにした。

「で、今日はビジネスホテルに泊まって、いつ帰るんだっけ？」

道夫はスマホの画面をタップしてアプリを開いた。

「えーと、今日が土曜日だろ。水曜に帰る」

「結構長くいるんだな」

「ああ。なんせ久しぶりだからな。仕事はまあ、Wi-Fi《ワイファイ》とノートパソコンがあればできるし……」

「うらやましいな。だったらまた夕飯を食いに来いよ」

横の亜紀がまた少しうつむいた気がした。

「そうだな、また連絡するよ。ホント、急にお邪魔して悪かったな」

「気にするなよ、水くさいな」

安永が豪快に笑った。

「送っていこうか。ビスタスだろ。こっからクルマだと五分くらいだ」

「いいのか？」

「ああ、いいぜ。そうだ亜紀、昨日の煮物、まだ残ってるんじゃないか。何か容器にでも入れて持たせてやったらどうだ」

「あ、そうね。高沢くん、荷物にならない？」

亜紀が視線を合わせてきた。

ほんのちょっとだけ、気まずい空気が流れた気がした。

「……大丈夫だよ。あんなにでかい荷物なんだから、ちょっと増えたくらいは平気さ」

「じゃあ、すぐ用意するね」

亜紀が席を立って、キッチンに向かっていく。

デニムの尻が、ぷりっ、ぷりっ、といやらしく、そしてやたらと妖しくくねっているのを、道夫はついつい目で追ってしまうのだった。

2

道夫は、安永の運転するレクサスのＲＶ車の助手席から、ぼうっと生まれ故郷の町並みを眺めていた。

このあたりはずいぶん変わってしまった。

どこにでもあるようなチェーン店がバイパス沿いに軒を連ねている。逆にあれほど活気があった駅前の商店街は、もはや商店街とは言えないシャッター通りに成り下がっている。全国どの地方も同じような状況だ。

しばらく走るとホテルが見えてきた。

ビジネスホテル〈ビスタス〉は、駅から歩いて十五分。国道から少し入ったところにあった。

八階建ての建物は比較的新しく、こぢんまりしている。だけど駐車場だけが異様に広い。

道夫は安永に礼を言って、ホテルのエントランス前でクルマを降りた。降りるときに、

「東京に帰る前に、また寄ってくれよな」

と念を押されて、一応返事はしたものの、再訪するかどうか、わからない。

安永が変わったのか、自分が変わったのかわからないが、もう昔みたいには付き合えないと思った。

有り体《あ てい》に言えば、嫉妬だ。

会う前よりも、安永への嫉妬がふくらんでいた。これほどまでに亜紀のことが気になっている自分に驚いてしまう。

（地元って、もっといいところだと思ってたけどなあ……）

中学時代はおとなしかったが、高校時代はとりあえず人並みに青春を謳歌《おうか》した。

そこまで好きでもなかったけど部活で一緒だった女の子と映画を観に行ったり、部活をさぼって喫茶店に行ったりした。

体育祭が終われば、打ち上げと称して、校則で禁止されていたカラオケ屋にも行った。

だけど、先ほどグーグルで思い出の店を検索してみたら、映画館も喫茶店もカラオケ屋もなくなっていた。

甘酸っぱい思い出の詰まった町は、どこにでもあるような町に変わってしまっていた。

（なんだか寂しいな……）

道夫は大きな荷物を持って、エントランスの正面にあったフロントに向かう。

昨晩ホテルからメールが来たので、宿泊しない旨を返信しておいた。

フロントには女性がひとり、立っていた。

(おっ、美人の受付だな)

道夫に気づいて優しく微笑む受付の女性は、かなりキレイな女性だった。色の白い瓜実顔《うりざね》に、形のよいアーモンドアイ。黒目がちな目はいかにも理知的で、それでいてどこか可愛らしい雰囲気もある。

道夫がフロントの前に立つと、

「お荷物をお預けですか?」

大人の女性らしい、落ち着いた涼やかな声で訊かれた。

ふんわりとウエーブした肩までの栗色のヘアと、ひかえめな鼻筋と薄い唇がとても上品だ。

高級ホテルにいてもおかしくない、エレガントで気品ある女性である。

首元の赤いスカーフとタイトなグレージャケットという、カチッとしたホテルの制服もよく似合っている。

そして胸が大きいのも、ポイントが高い。

「いえ、チェックインで」

道夫が言うと彼女は困ったような顔をした。

「……お客様、大変申し訳ございません。チェックインは十五時からとなっておりまして」

「いえ。昨晩、メールしたんですけど、実は昨晩から宿泊する予定だったんですが、泊まれなかったもんで。今日の午前中にチェックインすると伝えてあるはずなんですが……」

「失礼いたしました。少々お待ちください」

彼女がすぐにパソコンで調べはじめた。

その横顔を見ているうちに、あれっ？　と思った。

いや、最初に彼女を見たときから、ずっと妙なもやもやがあったのだ。

（どこかで見たことがあるな……こんなにキレイな人なら、絶対に忘れるわけがないんだけど……ん、あっ、あれ？　ええっ⁉）

もしかして、紗栄子《さえこ》さんじゃないか？

道夫は目を丸くした。

彼女の胸のところの名札には「三嶋《みしま》」とあった。

（やっぱり……）

じっと端末を見つめる彼女を見た。

間違いない。眼鏡をかけていないからすぐにはわからなかったが、眼鏡を外した顔も覚えている。

紗栄子さんだ。

「お名前をよろしいでしょうか」

紗栄子が画面を見ながら言った。

「高沢です。高沢道夫」

緊張しながら名前を告げると、彼女は顔を上げてニッコリした。

「高沢様ですね。ご連絡はいただいております。お部屋の方もご用意できております」

その言葉を聞きながら、彼女の顔をじっと見つめた。

彼女がちょっと首をかしげる。

こちらが目をそらさなかったからだ。

「お部屋は332でございます」

ルームカードキーを渡されたときだ。

「あの……紗栄子さん、三嶋紗栄子さんじゃありませんか？」

思いきって尋ねると、

「えっ？」

彼女がぎこちない笑みで、こちらの顔をまじまじと見た。

「そう……ですけど」

「遠野《とおの》学習塾で夏の間だけ一緒だった……覚えていませんか？」

「えっ？　……あっ……あのときの生徒さん……ではないですよね。高沢道夫さん……高沢……」

彼女はハッとした顔をした。

「高沢くん？　高沢くんね。ああっ、そうだわ」

紗栄子はひかえめな声でよろこんだ。

彼女はあたりをきょろきょろ見てから、またニッコリ笑った。

「アルバイトで先生をしてた……ああ、懐かしいわ。そうね、もう十年以上も前よね」

明るく言われて、道夫は驚いた。

自分の記憶ではあの頃の紗栄子は、黙々と仕事をこなす地味な事務員だったからだ。

こんな風に楽しそうに会話をする雰囲気など、まるでなかった。

道夫は少し緊張しながらも、

「えーと、あのとき……二十歳だったから、もう……十二年前です」

「懐かしい。高沢くん、全然変わってないわね」

そう言いながら、彼女の笑みがぎこちないものに変わった。

目の下がねっとりと赤らんで、少し照れていた。

あの晩のことを思い出したのだろう。

こちらも照れてしまう。

急に、顔が熱くなる。

「い、今はこのホテルで働いてるんですか」

「そう。ここで働きだしたのは最近だけど……。夏休みが終わって高沢くんが東京に戻ったあと、私もすぐに塾を辞めて……ね」

ふたりで視線を合わせると、ドギマギした。

無理もない。

なにせ紗栄子は、道夫の初体験の相手なのだ。

古い言い方をすれば、紗栄子に筆下ろしをしてもらったことになる。

初体験の相手を忘れることなんて、あり得ない。この年になってもたまに、

「紗栄子さんは、今頃どうしているんだろうか……」

と不意に思い出してしまう存在なのだから。

もっと話したかったが、次の言葉がなかなか出てこない。

それにチェックアウトをする宿泊客たちが何組かフロントに来てしまったので、仕方なく道夫はルームカードキーを持って、エレベーターホールに向かった。

（まさか紗栄子さんと再会するなんて……）

道夫は部屋に入り、服をハンガーにかけながら二十歳の夏を思い出していた。

3

十二年前。

夏休みの短期バイトで遠野学習塾を紹介してくれたのは、安永だった。

道夫は東京の私立大学に進学し、安永は地元の国立大学に進んだ。

大学二年の夏休みに道夫が帰省したとき、偶然安永と再会した。そこで「一緒に進学塾でバイトしないか？」と誘われたのである。

「悪くないぞ。個人でやってる塾だから、いろいろ融通《ゆうづう》も利くし、時給も悪くないし……」

道夫は二つ返事で引き受けた。

あの頃、道夫はちょっとだけ焦っていた。

大学二年になっても、彼女をつくるどころか、初体験もまだだったのだ。

二十歳で童貞というのは今なら当たり前かもしれないが、あの時代は「えっ、まだしてないのか？」と友達にからかわれるような感じだったのである。

焦っていた理由はもう一つある。

安永と亜紀が、正式に付き合い始めたことだった。

ふたりは大学生になってすぐに付き合い始めたらしい。

とにかく女性と知り合いたかった。

いや、その前にお金を貯めて、風俗に行って童貞を捨ててしまいたかった。

安永の紹介で「遠野学習塾」に夏期講習の臨時講師として雇ってもらい、事務の三嶋さん、と紹介されたのが紗栄子だった。

紗栄子は当時二十四歳。

四つしか違わなかったけれど、相手は年上の社会人だ。

黒髪を後ろで無造作に束ね、大きな黒縁眼鏡をかけた紗栄子は、ずいぶん大人に見えた。

しかも性格はいたって真面目で、無駄話を一切せず黙々と仕事をこなして、定時になったらすぐに帰ってしまう。

いわば地味な事務系ＯＬだった。

道夫に愛嬌でもあったら、また違っていたのだろう。

別に毛嫌いされているわけでもなかったが、道夫のことをただ仕事仲間くらいにしか見ていなかったようだった。

話しかけても話題に乗ってくることもなく、ただ黙々と仕事をしていただけであった。

だが「おっ」と思ったのはバイトを始めて一週間ほど経ったあたりだ。

紗栄子が事務作業中に、いつもかけている黒縁眼鏡を床に落としてしまったのだ。

眼鏡を外した紗栄子は、わりと整った顔立ちをしていた。

いや、わりと、ではない。

かなり整っていて、美人だった。

とにかく眼鏡の印象しかなかったから、こんなにアーモンド形の澄んだ目をしているとは思わなかった。

(眼鏡を取ったら美人って人、ホントにいるんだな)

地味だったせいでかなり年上に見えたが、眼鏡を取れば年相応だった。

それからだ。

紗栄子のことを意識するようになったのは。

彼女はスタイルもよかった。

いつも白いブラウスに、ひかえめな長さのタイトスカートを身につけていたのだが、胸元は女性らしく丸みがあって、スカートから見えるふくらはぎも、すらりとして美しかった。

腰は細いのに、そこから下の下半身は豊かな肉づきで、大きなお尻やムッチリした太ももが、女子大生なんかよりも遥かに色っぽかった。

おそらくコンタクトにして、流行《はや》りのメイクやお洒落《しゃれ》をすれば、都会でも目立つような垢抜けた美人になるに違いない。

紗栄子となんとか仲良くなりたいと、道夫はいろいろ話しかけてみたが、まったく脈《みゃく》なしの、つれない受け答えばかり。

それどころか、興味すら持ってもらえなかった。

夏期講習の最終日。

道夫はバイト終了ということで、塾のオーナー夫婦と他の職員、講師のみんなが、夏期講習の打ち上げ兼送別会を開いてくれた。

二十人くらいが集まった一次会が終わり、塾のオーナーと経理を担当しているオーナーの奥さん、パートのおばちゃんたちが先に帰り、残った十人くらいでカラオケに行ったのだが、そこに紗栄子も参加していた。

「紗栄子さんはカラオケ、よく行くんですか？」

ソファの隣に座って話しかけた。

無視されるかなと思ったが、

「悪い？　私だってカラオケくらいするわよ」

と無愛想ながらも答えてくれた。

ツンケンしていたけれど、とにかく会話をしてくれたことがうれしかった。

彼女は一曲も歌わず、ただカクテルを飲んでいた。

二次会は盛りあがっていた。

みな立ちあがって合唱したり、踊ったりしていた。

だが紗栄子はぼんやりとモニターを見ながら、つまらなそうにお酒を飲んではかりいた。道夫が話しかけても、会話はすぐに終わってしまう。

これはだめだな、と思っていたときだ。

(えっ？)

紗栄子の手が自分の太ももの上に置かれ、道夫は飛びあがるほど驚いた。

思わず紗栄子を見る。

彼女は何事もなかったように、甘そうなカクテルを飲んでいた。

(な、なんで、俺の太ももに手を置いてんだ？　どういうことだ？)

もうカラオケなどどうでもよくなっていた。曲を選んでいるふりをしてリモコン画面を見ながら、ずっと紗栄子のことを考えていた。

ふたり以外みんな盛りあがっているから、紗栄子が道夫の太ももの上に手を置いていることに気づいた者はいなかったと思う。

誰かの曲が終わると、形ばかりの拍手をしながらも、頭の中は紗栄子のことでいっぱいだった。

そうしてしばらくすると、彼女は立ちあがって部屋から出ていった。

トイレかなと思っていたが、しばらく経ってもなかなか彼女は部屋に戻ってこなかった。

（どうしたんだろうな……帰っちゃったのかな……）

そう思いつつ、道夫も用を足したくなって部屋を出た。

トイレまで行ったときだった。

紗栄子が手前の通路に立っていて、ドキッとした。

「あ、ああ、俺もトイレに……」

何か言わねばと思い、そんなことを口にしてから、彼女の前を通りすぎようとしたときだった。

彼女に腕をつかまれて、言われたのだ。

「ねえ。今から私と一緒に抜けない？」

「えっ……⁉」

紗栄子の目が潤《うる》んでいた。

4

あのとき——。

ラブホテルに行ったことは、はっきり覚えていた。

タクシーに乗って十分くらいだったと思う。こぢんまりした、しなびたホテルだった。

だが、どうしてそのホテルに行くことになったのかは記憶がない。おそらく紗栄子がタクシーの運転手に告げたのだろう。

今でも思い出すと身体が熱くなるくらい、すごく緊張していた。

道夫は童貞だ。当然、ラブホテルに入るのも初めてだ。

女性と付き合うことなんか一生ないんじゃないか。

そんな風に自信を失いかけていたときの、ラブホテルである。

しかも相手は……バイト先の年上のお姉さん。

ツンケンしていて、まともな会話もできなかったけれど、顔立ちは整っていて、身体つきもスレンダーながら、出るべきところはしっかり出ている。

興奮するなと言われても無茶な話だった。

部屋の中に入り、大きなベッドを見ただけで道夫は勃起してしまった。

(これがラブホテルか……ああ、い、今から……今からここでセックスするんだ……初めてのセックス……夢みたいだ)

部屋に入るまで、ずっと不安だった。

一緒に働いていた約一ヶ月間、紗栄子から話しかけられたことなど一度もなかったのに、急にここに連れてこられたのだ。

なぜ紗栄子は、いきなりホテルに行こうと誘ってきたのか。

訊きたいことは山ほどあったが、ダブルベッドを前にしたら、理由なんかどうでもよくなった。

彼女は部屋に入った瞬間に、少しためらうような顔を見せた。

（もしかして、後悔してるのかな？）

「あ、あの……ホントに……俺でいいんですか……？」

そのとき、どうしていいかわからなかった道夫は、情けないことを口にした。

彼女は大きなため息をついてから眼鏡を外して見つめてきた。やはり美人だった。心臓が止まりかけた。

「私とじゃ、いやだった？」

「い、いや、そんなわけありませんっ！　で、でも、俺はまだ、その……」

「女性と、したことがないんでしょ？」

真っ赤になって頷《うなず》くと、紗栄子は珍しくうっすら微笑んだ。

それはまるで慈愛に満ちた笑みに見えて、なんだか年上女性の優しさに包まれているような気持ちになった。

彼女が、すっと近づいてきた。

それだけでドギマギしてしまった。

女の甘い匂いにクラクラした。

待てよ、俺は汗臭くはないのか。

「あ、あの……シャ、シャワーを……」

臭いを気にして言うと、紗栄子は大きなアーモンドアイを三日月のような形にして色っぽく笑った。

「……生意気ね。キミは私の言う通りにしていればいいのよ」

「は、はい……うっ、む……」

いきなりキスされ、頭が完全にパニックになった。

(キ、キス！　女の人と……いま、キスしてるっ！)

夢のようだった。

しかも相手は事務のキレイなお姉さん。

初キスは、甘くフルーティなカクテルの味がした。

女の人の息や唾《つば》って甘いんだと思った。

「んふっ……ううんっ……」

紗栄子が背中に手をまわしてきたので、こちらも震える手で抱きしめた。

（えっ！　ほ、細いっ……）

初めて抱いた女の身体は、思った以上に細くて、それでいて、ものすごく弾力があった。

胸板に感じるおっぱいの柔らかさに興奮した。

紗栄子はいつも身体のラインが目立たないような、だぼっとしたブラウスを着ていたから、こんなにおっぱいが大きいとは思わなかった。

（おっぱい、すげえ……紗栄子さんって巨乳だったんだ）

初めてのキス、初めての抱擁《ほうよう》……。

すべてが感動だった。

ギュッと抱きしめると、彼女はいっそう強く唇を押しつけてきて……そしてあろうことか、ぬるりと舌を口の中に入れてきたのだ。

（え？　舌が、紗栄子さんの舌が……口の中にっ！）

いきなりのベロチューだ。口の中をまさぐる紗栄子の舌が、まるで生き物のように動いていた。

（ベロチューって……頭が、ぼーッ……とする……き、気持ちいい）

身体の奥を舐《な》められているようだった。脳みそがとろけてしまいそうだった。

身をよじりながらも、こちらもおずおずと舌をからめていくと、気持ちよさがどんどんふくらみ、ますます興奮が高まっていく。

ぷるんとした唇に何度も口を塞《ふさ》がれ、唾液でねとついた舌で、ねちゃねちゃと音を立てて口の中をたっぷりと舐めとられていく。

まるで恋人同士のような濃厚なキス。

すでに股間はパンパンに充血していた。

「ウフフ。キスしただけなのに、こんなに硬くして……すごいわね」

紗栄子が口づけをやめて、ズボンの上から股間を触ってきた。

「ンッ!」

ゆるゆると撫でられただけで、強烈な刺激が走る。

(ああ、あの物静かな紗栄子さんが、こんなにエッチなことを……)

紗栄子の胸のふくらみやタイトスカートを押し上げるお尻を想像して、何度かヌいたことがあった。

その身体が今、自分の手の中にある。

おかしくなるのも当然だった。

「服を脱いで」

紗栄子はそう言うと、自らも服を脱ぎ始めた。

白いブラウスの裾をスカートの中から引っ張り出して、ゆっくりとボタンを外していく。

こちらもぼうっとしながら夢心地でシャツを脱いで、ズボンを落とした。

トランクスがありえないほどふくらんでいて恥ずかしかった。ガマン汁のシミもついている。

脱ぎながら紗栄子を見た。

彼女が肩からブラウスを滑り落とすと、ブラに包まれた乳房がいよいよ露《あら》わになった。薄いピンクのレース付きのブラジャーが、はちきれんばかりのたわわなふくらみを支えている。

（お、女の人のおっぱいっ！　でっかっ！）

鼻の奥がツーンとした。

紗栄子の胸には、しっかりと谷間があった。

紗栄子は着やせするタイプで、想像を遥かに超える隠れ巨乳だった。

あまりの大きさに興奮していると、さらにスカートが落とされ、ナチュラルカラーのパンティストッキングに包まれた豊かな下半身が露わになった。

腰から大きくふくらむヒップ。ムッチリした下半身。それを包むのはパンスト越しに透けて見える薄ピンクのパンティだ。

紗栄子は細いとばかり思っていたが、巨乳とでか尻に目を奪われた。

「ウフフ。目が血走っているわよ。女の人の裸を見るの、初めて？」

言われて頷いた。

彼女がクスクス笑った。

「ふうん。じゃあ……」

そう言って、彼女が背中に両手をまわした。

ブラカップがくたっと緩み、ついにナマ乳が目の前に露わになった。

（うわっ、うわわ……）

初めて見る女性のナマおっぱいに、身体からぶわっと汗が噴き出した。

張りのある小玉《こだま》すいかほどありそうな、大きなふくらみ。

ツンと尖った薄ピンクの乳頭部。

ため息が出るほど、いやらしい。感動のあまり目頭が熱くなった。

圧倒されていると、紗栄子がおっぱいを揺らしながら道夫をベッドに押し倒し、身体を重ねてきた。

紗栄子に見下ろされる。胸板には彼女の乳首が触れていて、くすぐったい。

おそらく、とんでもなく間抜けな顔をしていたのだろう。

彼女はクスッと笑うと、道夫の右手をつかんでナマ乳に導いてきた。

「いいわよ、触って……。ずっと触ってみたかったんでしょ？」

言われて、その手でおずおずとふくらみをつかんだ。

手を広げても、こぼれてしまいそうなほど大きい。

感動しつつ、揉んでみた。

むにゅぅっ、と指の圧力で乳肉がしなり、ちょっと力を入れただけで、いびつに形がひしゃげてしまうほど柔らかかった。

「どう？　初めてのおっぱいの感触は」

「……す、すごい……柔らかくて……いやらしいです」

正直、このときは頭が沸騰していた。感触は思ったよりも柔らかくて張りがあって、とても重かった。

紗栄子が位置を変えて、ベッドに仰向《あおむ》けになった。

乳房は仰向けでもしっかり下乳が丸みをつくっていて、お椀型《わんがた》に突き出している。

「ウフフ。いいわよ、おっぱい……吸ってみて……」

「は、はい」

言われるままに、紗栄子の乳房のトップに口をつけて舐めてみた。

「あっ……」

紗栄子がひかえめな喘《あえ》ぎ声を漏らして、ピクッと震えた。

（え？　紗栄子さん、もしかして、感じてる？）

わからないが、とにかく舐めた。舐めたり吸ったりしていると、紗栄子の乳房が自分の唾でべとべとになっていった。

紗栄子は、

「ん……ん……」

と声を押し殺していたが、やがて、ビクッ、ビクッ、と身体を震わせ始め、ついには、

「あっ……ああんっ……」

と甘ったるい声を漏らして、眉をハの字にして泣き顔を見せ始めた。

（うわあっ……さ、紗栄子さんが、こんなにエロい顔を……）

生まれて初めての経験に、道夫は舞いあがった。

もしかしたら、演技だったのかもしれない。

けれど、もう股間は痛いほど硬くなっていた。

ちょっと触れただけで射精してしまいそうなほどギンギンで、紗栄子のおっぱいを責めつつ、右手でパンスト越しの尻を撫でる。

（うわっ、やっぱ大きい……）

紗栄子のヒップは呆れるほど大きかった。

（これが、女の人の身体か……）

感動しつつ、息を荒らげてヒップを撫でていると、紗栄子が下からトランクスをつかんで、ずるっと下ろしてきた。

「あっ！」

とたんに、ビンッ！　とゴム仕掛けのオモチャのように肉竿《にくざお》が飛び出した。

道夫はどうしていいのかわからなかったが、隠すのもおかしいだろうと、顔を赤らめつつ、紗栄子を見た。

「すごいわね。触ったら暴発しちゃいそう」

言いながら紗栄子が手を伸ばして、直《じか》に勃起に触れてきた。

「うっく……」

とたんに会陰《えいん》に電流が走り、道夫は弾かれたように腰を引いた。チンポの先がジンジンと疼《うず》いている。

紗栄子が目を丸くして、それからうっとりと見あげてくる。

「どうしたの？　出ちゃいそうになった？」

言い当てられて、顔を熱くしながら頷いた。

「そっか……じゃあ……もう入れたい？」

「え？」

刺激的な言葉に、道夫は固まった。

紗栄子がクスクス笑っている。

「ウフフ。セックスしたいんでしょう？　ここにオチンチン入れて、気持ちよくなりたい？」

そう言うと紗栄子は起きあがり、四《よ》つん這《ば》いになった。

パンストとパンティの張りついた腰を、こちらに向けて突き出してくる。

しゃがんでいる道夫の前に大きなヒップが迫ってきた。

「ウフフッ。ねえ、見たいんでしょ？　私のアソコ。脱がせて、パンティ……」

あの真面目で地味な事務のお姉さんが、肩越しにとろけた表情を見せてきた。

（いいのか、いいんだよな。ようし。見るぞ、見ちゃうぞ）

改めて目を血走らせて、前を見た。

すごい光景だった。

肌色のパンティストッキングに包まれた尻は、逆ハート型に丸々としていて、薄いピンクのパンティが透けて見えている。

基底部にはシームが通っていて、そこからムンムンとした、今まで嗅いだことのない、ムッとするような生っぽい匂いが漂ってくる。

（こ、これが、おまんこの匂い、なのか？　ツンとする……）

もっと甘い匂いだと思っていた。

しかし、目の前にある現実の女性のアソコは、決して人工的ではない、生々しい匂いを発していた。

（す、すごいな……）

決していやな匂いではなかった。

むしろずっと嗅いでいたい、牝《めす》のフェロモンのようだった。紗栄子の肌からは汗の甘酸っぱい匂いもして、性の生々しさが伝わってくる。

道夫はごくりと唾を呑み、丸々としたヒップをいやらしく撫でまわしてから、シームに沿って指を上下させてみた。

指が、くにゅ、と沈み込み、布地にワレ目が浮き立った。

(こ、これ！　ここがおまんこだ！)

卑猥《ひわい》なワレ目に興奮し、道夫はますます指で強くなぞりあげる。

「あ……！　あんっ……あっ、いやっ……」

すると、紗栄子の尻がこちらに向かってさらに突き出されて、愛撫《あいぶ》の指にこすりつけるように左右に揺れ始める。

まるでもっと触ってほしいとでも言うような揺れるお尻に、興奮した道夫は強く中指をこすりつけた。

そのうち、指先に湿り気が伝わってきた。

「ああっ……くっ……ううんっ……ね、ねえっ……早く」

くなくなとお尻を揺らしながら、四つん這いの紗栄子が振り向いて、媚《こ》びたような目を向けてきた。

もう頭がパニックだった。

夢中でパンティストッキングとパンティに手をかけて、苦労しながらずり下ろすと、尻の奥に割れた柘榴《ざくろ》があった。

（うおっ！）

初めてのナマの女性器だ。食い入るように見た。

みっしりと生えそろった草むらの奥に、むわっと湯気の立つような熱気に満ちた女の唇があった。

鶏冠《とさか》のようなビラビラがあって、その中身は濃いピンクの媚肉《びにく》がみっちりとひしめいて、ぬめぬめと光っていた。

濡れているのは中だけではない。

びらびらの外側も透明な蜜でまぶされ、かすかにツンとするような強い発酵臭が鼻奥をくすぐってくるのだ。

（う、うわっ、うわわ……）

見ているだけで息があがる。

女性のアソコって、なんていやらしいんだ。

心臓を痛いほどバクバクさせながら、そっとスリットを指で撫でつつ、小さな穴をまさぐる。

狭い穴に指を押し込むと、ぬるっと窄《すぼ》まりに指が嵌《は》まっていく。

「あンッ……いきなり指を入れるなんて……そ、そこよ……そこが、オチンチンを入れる穴よ……」

四つん這いの紗栄子が、大きく腰を揺らして甘ったるい声をあげた。

(こ、ここが？　こんなに小さい穴に入るのか⁉)

信じられなかった。

おそるおそる指を出し入れすると、濡れた肉が包み込んできて、指の根元までねばねばの愛液でぐっしょりになった。

(これ……もうかなり濡れてるんじゃないか？　いや、もっと濡れるのか？)

わからなかった。

ただ指を奥まで入れれば、

「あっ……ああん……」

と紗栄子はひどく感じた声を出して、新鮮な蜜がたらたらと奥からあふれ出してくる。

(いいのか。もう、い、入れていいのか？)

戸惑っていると、紗栄子が肩越しにうっすら笑みを見せてきた。

「ウフフッ。いいわよ、入れて。ゴムはつけてね」

「あ、は、はいっ」

ゴム？

コンドームか。

枕元を見ると、真四角の小さな袋があった。

使ったことはないが、買ったことがあるからわかる。コンドームだ。

包装を破ってつけようとしたら、紗栄子がゴムを手に取って被《かぶ》せてくれた。

「あ、ど、どうも……」

照れて言うと、紗栄子は仰向けになって両脚を開いた。

「きて。ゆっくりでいいからね」

「あっ、は、はい……」

ぼうっとしたまま返事をして、道夫は腰を紗栄子の股間に近づけた。

5

そこからの記憶は曖昧《あいまい》だった。

紗栄子が勃起に指を添えて導いてくれたことは覚えている。

正常位で、わけもわからぬままに切っ先を膣穴《ちつあな》に押しつけると、ペニスの先がぬるりと入っていき、狭い中に嵌まり込んでいった。

「はあぁっ！」

紗栄子が顎《あご》を跳ねあげた。

（は、入ったっ……セックスだっ）

挿入したときの感動は、今でも覚えている。

歓喜で泣きそうになった。

感覚はただ狭くて、熱くて、ぬるぬるしていた。

憧れだったお姉さんが、つらそうに目を閉じていた。

少し腰を引いてから見れば、自分のイチモツが紗栄子の中に突き刺さっている。

初めての体勢だから、足が攣《つ》りそうだったのも記憶している。

確か紗栄子がそのとき、

「好きに動いていいよ」

と言ってくれたので、もう無我夢中で何も考えずに、がむしゃらに腰を振った。

相手のことを考える余裕などなかった。

ただただ感動で腰を動かしていたら、あっという間にイッてしまった。猛烈な興奮だった。

「気持ちよかった？」

初めてのセックスでぐったりして、紗栄子に抱きついて息があがっていた道夫に紗栄子は優しく囁《ささや》いてくれた。

「は、はい……もうおかしくなるかと……」

「ならよかった。私も気持ちよかったよ」

そう言って、紗栄子は頭を撫でてくれた。

おそらく紗栄子は気持ちよくなんてなかったはずだ。

それでもこちらを気遣ってくれたのが、十分に伝わってきた。

うれしかった。

紗栄子のことが好きになった。単純かもしれないが、二十歳のあのときは本気だった。

セックスを終えたあと、

「ギュッとしていてほしい」

と言われて、道夫は彼女を抱きしめた。

もっと何回でもできそうだったけど、紗栄子がそのまま道夫の腕の中で眠ってしまったので、手が出せなかった。

ただ人生はバラ色だと思った。セックスってすごいと思った。

そして、紗栄子が愛おしくて仕方がなかった。

ここまできたら、もう東京と新潟の遠距離だろうとかまわない。彼女と付き合いたかった。きっと紗栄子もＯＫしてくれる、そう思っていたのに……。

だが翌日。

朝起きると紗栄子は元気がなく、何だかよそよそしかった。

一応電話番号は交換したが、東京に戻るまでの数日間、道夫は何度も会いたいと紗栄子に連絡したものの、いろんな理由をつけられて会ってもらえなかった。

東京に戻ってからは着信拒否だった。

そのまま連絡も取れなくなって、今に至る。

あのときはかなり落ち込んだ。

何がいけなかったのか？

ひとりよがりのセックスだったからか……？

その初体験の相手と、まさか十二年も経って、地元のビジネスホテルで再会することになるとは……。

人生はわからないものである。

第三章　寂しがり屋の元教育実習生

1

ビスタスのシングルルームは、こぢんまりしていて、どこにでもあるような典型的なビジネスホテルの部屋だったが、わりと新しくて清潔感があった。

道夫は荷物を置いてすぐにシャワーを浴び、着替えを済ませてから午後のタイムカプセル掘り出しのために中学校に向かうことにした。

部屋を出て一階のフロントの前を通ったが、そこに紗栄子の姿はなかった。

（まさか、まだ避けられている？　……なんてことはないよな、何年も前の話なんだから……）

そんなことを思いつつ道夫はホテルを出た。

国道沿いをしばらく歩くと、中学校が見えてくる。

校門から中庭に入った。

数カ所に固まって談笑している連中は、みな大人びて見えて、中には貫禄のあるヤツまでいた。

（さすがに十七年も経てば、そうなるか）

同級生たちの風貌には、若々しいヤツと、そろそろ中年の域に達しつつあるヤツと様々だった。

ちょっと気後れしていたときだ。

「あれっ？　高沢じゃないか」

ふいに声をかけられて振り向くと、バリバリのヤンキーが立っていた。

電子タバコを手にニヤニヤしている。リーゼントに日焼けした肌、身体は細いが筋肉質で、派手なシャツの襟元から覗く首の部分に刺青があってギョッとした。

だが、その顔に面影があった。

「後藤《ごとう》……か？」

記憶を頼りに、おそるおそる尋ねる。

「おう。久しぶりだなあ。なんだ、全然変わらないな」

喋ってみると割と気さくで、少しだけ記憶が蘇《よみがえ》ってきた。

バスケ部のエースで女子からの人気が高かった。

いわゆる自分とは対極にいたクラスの一軍であった。

「やあ、高沢くんか」

その向こうから巨漢がやってきた。村上《むらかみ》だろう。大柄だったが性格が子犬みたいで人畜無害《じんちくむがい》の癒やしキャラだった男である。

（へえ、意外と俺、みんなに覚えられているもんだなあ）

気分が高揚《こうよう》した。

目立たないアニメオタクであったが、大学進学で東京へ出てからは滅多に地元に顔を出さなかったからレアキャラと思われていたようで、珍しく人が集まってきた。

「高沢は全然変わらないなあ、大学生みたいじゃないか」

質問され、注目される。うれしかった。

ちょっと気分が高まってきて、

「あれ？　石田《いしだ》じゃないか。ずいぶん腹が出たなあ」

などと、そんな軽口も叩けるようになった。

「石田は元からフケてたろう。俺は初めて見たとき先生かと思ったぞ」

他の友人がからかった。

「でも今では、こいつも立派な医者だからなあ」

後藤が言う。

「マジか、すごいな」

道夫が言うと、石田は胸を張った。

「こっちにいる間に何かあったら、優先的に診《み》てやるからな」

「へえ、ありがたいな。内科か外科か？」

「いんや、精神科」

真顔で言われた。

そのあとに中古車販売店の店長になった田口《たぐち》から、クルマを勧められた。

数ヶ月前に店の名前が変わったそうで、元の店名を聞いてひどく同情した。除草剤をまくときは胸が痛んだと言っていた。みんなそれぞれ苦労しているらしい。

質問をひと通りされたら、手持ち無沙汰になった。

人付き合いが悪いわけではないが、道夫は会話の間《ま》を埋められるような口数の多いタイプではない。

なにせ、「子どもの給付金の手続きが面倒」だの、「姑《しゅうとめ》と嫁の折り合いが悪い」だの、「役場から来た天下《あまくだ》りの役人が使えない」だの、自分とは無縁の話題を振られても、話の広げようがないのだ。

（みんな大人になったんだな）

地元の話題は、どこか遠い世界の話のようだった。

結婚して子どもを作り、なぜか示し合わせたように、みんなエアロパーツをつけたミニバンか軽自動車に乗っているらしい。

気楽な独身貴族は自分くらいかもしれないと思うと、なんだか人生を半周くらい置いていかれているような気になる。

タイムカプセルの掘り出しには、思ったよりも人数が集まっていた。

訊くと二十五人で、クラスは三十八人だったから、三分の二は参加したことになる。なかなかの参加率だ。

「そういえば、今日の立ち会いに青鬼《あおおに》は来ないらしいな」

「部活動の引率で欠席なんだと」

誰かがそんな会話をしていた。

青鬼とは当時の三年C組の担任のあだ名だ。怖い先生だったが、会えないと思うとちょっぴり残念な気がした。

そのときに中庭に妙齢《みょうれい》の美女がやってきた。

「関口先生」

一部の生徒が彼女に手を振った。

その言葉で、一気に十七年前の記憶が蘇った。中学三年生のとき、教育実習でこの学校にやってきた関口里香だ。

「懐かしいわ。みんな、すっかり大人になって」

彼女が優しく微笑んだ。

実習で一ヶ月しか学校にいなかったのに、彼女がみんなの記憶に残っているのは、とにかく人気があって、男子たちがみな熱をあげていたからだ。

あのとき、彼女は大学四年生で二十二歳だったから、道夫たちとは七つ年が離れていた。

七歳年上の女子大生なんて、中学生の男子から見れば、憧れのお姉さんだ。

栗色の髪を内巻きにして、大きくて黒目がちな目と上品な唇が、女子大生らしい若々しい華やぎを醸《かも》し出していた。

しかもスタイルもよくて、小柄だが、肉づきのいい身体をしていた。

白いブラウスの胸元も大きかったはずだが、特に男子の視線を釘付《くぎづ》けにしたのは巨尻だった。

タイトスカートが破れてしまうんじゃないかと心配してしまうほど大きなヒップは、同級生の女子たちの発育途上のお尻と比べたら、いやらしさが段違いだった。

明るくて可愛い。そしておっぱいやお尻が大きいとくれば、中学生男子が色めき立つのも当然だった。

あの時代、出たばかりのカメラ付き携帯電話を持っていたヤツがいて、里香はよく校内で隠し撮りされていた。

動画には、里香のブラウス越しの胸が揺れる様子や、前屈みになって胸の谷間がわずかに見えている画像もあった。

廊下を歩く後ろ姿をこっそり追いかけて撮影し、揺れるお尻をドアップで映した動画も見たことがある。

「先生、懐かしいって言うけど、俺らのことなんか、覚えてないでしょ、ホントは」

石田が言った。

里香は茶目っ気タップリに小さく舌を出した。

「そんなことないわよ。名前と顔はさすがに一致しないけど、なんとなくみんなの顔に見覚えがあるわ。だってみんなは私にとって初めての生徒なんだから」

ちょっと驚いてしまった。

ベテラン教師のように振る舞う里香に、あの頃のようなキャピキャピしている雰囲気がなくなっていたからだ。

よく考えれば当たり前のことなのだが、道夫には感慨深いものがある。

「じゃあみんな、説明するわね」

と里香先生が紙を持って段取りの説明を始めた。

その途中で亜紀が遅れてやってきた。

こちらに目配せしてから、女子たちのグループに交ざって小声で楽しそうに話していた。また昨夜のことを思い出して、モヤモヤする。

「何か質問はあるかしら」

里香が見渡したときだ。

道夫と目が合って、里香が「あっ」という顔をした。

(もしかして、覚えていてくれたのかな)

クラス委員として、一緒に過ごす時間も多かったから、もしかしたらという淡い期待はあった。

男性陣がスコップを持って、指定された場所を掘り始めた。

全然見つかる気配がなくて焦ったが、一メートルほど掘ると、赤茶けた大きな丸い壺を掘り当てた。それを見ても道夫は何も思い出せない。ホントにこんな壺に入れたのだろうか？

かなり重いので、男子みんなで引っ張りあげたら、ようやくタイムカプセル全体が姿を現して「おーっ」と歓声があがる。

「昔の自分になんて会いたくないなあ。恥ずかしいわ」

誰かが言った。

確かにそうだ。昔の自分は恥ずかしい。

「じゃあ、開けるぞぉ」

後藤がふたを取ると、中からビニール袋に包まれた写真や書類、それに中身の知れない箱などがごろごろ出てきた。

「あれ？　これ俺のか」

「おー、懐かしい」

みんなが集まって、ビニールシートに出した中身を吟味していく。

どうやら「未来の自分へ」という手紙は、学年全員が書かされたらしく、どの袋にも手紙が入っていた。

「私、二十八歳で結婚するのが目標だって。もっと早く結婚してたわ」

「俺は株で大もうけしてる、だってさ」

「うわー、懐かしい写真だなあ。石川《いしかわ》、痩せてたなあ」

「私、ワインが出てきた」

女子のひとりが、ワインのボトルを掲げた。

「おー、いいじゃん。今日の打ち上げで飲もうぜ」

「うわっ、ウソだろお……俺、クッキー入れてた」

「おお、それも食え食え」

みんな、自分が入れた物を覚えていないから大騒ぎだった。

亜紀も神妙な顔つきで、自分からの手紙を読んでいた。オレンジと緑と紫《むらさき》色のずいぶんカラフルな便箋《びんせん》だった。

「なんて書いてあった？」

道夫が訊くと、ハッとした顔をして亜紀は手紙を閉じてしまった。

「すっごい恥ずかしいこと」

「安永から告白されたこととか？」

亜紀は首を横に振って苦笑した。結局、その手紙は見せてもらえなかった。

道夫の入れた物は、遥か昔のテレビゲームのソフトと、コインだった。おそらく、価値が上がりそうだと思った物を入れたのだろう。

我ながら現金なヤツである。

手紙も入っていた。

「未来の自分へ。そこそこ頑張れ」

書かれてあったのは、それだけだった。

それよりも亜紀の写真が入っていたことに驚いた。学校行事でキャンプに行ったときの写真で体操服姿だった。ふくらみかけの胸が儚《はかな》げだ。

（え？　俺も亜紀の写真を入れてたのか？）

まさか、好きだった女の子の写真を入れているとは。

「ねえ、高沢くんは何を入れてたの？」

亜紀が覗いてきたので、慌てて写真をポケットにしまい、手紙を見せた。

「書かれてたの、これだけ？」

亜紀が苦笑した。

「ああ、あとはガラクタとコイン。価値はゼロだな」

ふたりで笑った。亜紀が女子グループの輪に戻っていくと、入れ替わりで里香が声をかけてきた。

「高沢くん……よね」

彼女は柔和《にゅうわ》に目を細めて、相好《そうごう》を崩《くず》した。

道夫はびっくりして目を瞬《しばた》いた。

「俺のこと、覚えてるんですか？」

里香は眩《まぶ》しげに、大きな目を細めて笑う。

可愛らしい。そして、なんとも懐かしい笑顔だった。

「覚えているわよ、もちろん。クラス委員として、いろいろ手伝ってもらってばかりだったし……慣れない教育実習で右も左もわからなくて、私、何度も失敗して……泣きそうになったときに助けてくれたの、高沢くんよね。感謝してるのよ」

かつての教育実習生をまじまじと見た。

当時二十二歳だったから、今は三十九歳になっているはずだ。

だが四十路《よそじ》を間近にひかえていても、里香は当時と変わらず奇跡的に可愛らしいままだった。

こんなに可愛い熟女は、東京でも滅多にお目にかかれない。

しかも、可愛らしいままに年相応の色香を漂わせており、むしろ当時よりも魅力的だった。

「先生が一生懸命だったんで、手伝ってあげたいって思っただけですよ」

「ううん。そんなことないわ。キミはいろいろ私に気を配ってくれて……そのおかげで教師を続けられたのかも」

里香は熱い目をしていた。

つい照れてしまい、道夫は話題を変えた。

「先生もカプセルに何か入れたんでしたっけ」

「入れたわよ。ちょうど教育実習期間中にタイムカプセルのイベントがあったから、私も入れたの。だからいるんでしょ、ここに」

「あっ、そうか。先生、何を入れたんですか」

里香はちょっとはにかんだ。

「私も手紙書いてたみたい。本当に先生になれるのか不安でね、思い通りにいかなくて愚痴みたいなことも書いちゃってるから、みんなにはちょっと見せられないな」

ふたりで笑い合った。

「いろいろ苦労があったんですね」

「それはそうよ。何もかも初めてなんだから。高沢くんのことも、手紙に書いてあったわ」

「え？　ホントですか⁉　悪口じゃないでしょうね」

「ウフフ。どうかなあ」

里香はとても三十九歳とは思えない、可愛らしい上目遣いをした。

その表情があまりにキュートで、ハートを射貫《いぬ》かれてしまう。久しぶりに会って、あの頃のエッチな妄想を思い出した。

「そういえば、聞いたわよ。ご両親が実家を引き払って沖縄に移住されたって。今回はホテルに泊まってるの？」

「ビスタスに泊まってます」

「ひとりで？」

「もちろんですよ。独身ですから」

「それは寂しいわねえ」

里香が気の毒そうな顔をした。そのときだ。

「せんせー、カメラマンの人が校舎の中も撮りたいって」

元クラスメイトの女子が里香を呼んだ。

そういえば、地元のケーブルテレビ局が取材に来ていたのだ。里香はタイトスカートの尻を悩ましく振って、取材クルーの方に歩いていった。

2

次の日。

里香の家は、二階建ての大きな邸宅だった。

古民家をリフォームしたらしく、玄関を入ると剝き出しの梁《はり》が昔の風合いを残しつつも、全体的にはモダンなつくりの家だった。

「お洒落な家ですねえ」

シーリングファンのまわる天井を見あげて、道夫は嘆美《たんび》の声をあげる。

東京の狭い1LDKとは雲泥《うんでい》の差である。なんでどこの家もこんなに広いのか。

里香がスリッパを用意しながら苦笑した。

「ありがとう。夫の知り合いが一級建築士でね、いろいろ相談に乗ってくれたのよ。さあ、あがって」

里香がニッコリ笑って、招き入れてくれた。

(それにしても可愛いな、里香先生)

ふんわりした雰囲気と可憐《かれん》な笑顔は三十九歳の今も変わらない。

(それなのに、身体の方はさらにムッチムチになったよなあ……)

つい視線を胸元に向けてしまう。

身体にぴったりフィットした黒のサマーニットが、里香の胸の丸みをいやらしく強調してくる。

絶対に十七年前より大きくなっている。間違いない。

ミニのグレーのタイトスカートから、ナマの太ももが見えていた。ほどよく脂がのってムチムチしている。

身体が熱くなってきた。

(ああ、童顔のくせに、ふっくら熟女体型なんて反則だよ)

今日、旦那さんが留守ならいいんだけどなあと思ったのだが、さすがにそれは都合がよすぎる。

——昨日のこと。

せっかくクラスメイトの大半が集まったので、夕方から急遽、プチ同窓会となった。

二十人ほどが駅前の居酒屋に繰り出して、おおいに盛りあがった。

亜紀は用事があるからと、酒も飲まずにすぐ帰ってしまった。ちょっとホッとした。昨日の今日で、気まずかったからである。

みなが酔って席移動が始まった頃に、里香の隣に座ったのだが、ひとりでビジネスホテルに泊まっていることを不憫《ふびん》に思ってくれたらしく、

「ひとりで晩ご飯を食べるなんて、寂しいでしょ。新潟の郷土料理が懐かしいんじゃない？　明日は日曜で家にいるから、よかったら……」

と手料理をご馳走すると誘われ、ふたつ返事で行くと告げたのだ。

広いリビングに入ると、すでにいい匂いがしている。

ソファセットの奥にダイニングテーブルがあって、そこに刺身やサラダや天ぷらや煮物が並んでいた。

「ねえ、これ懐かしいでしょう」

里香が煮物を指差した。

しいたけやちくわ、里芋やかまぼこを入れ、とろみをつけて煮る新潟の郷土料理だ。

「のっぺですね。昔、母親がよくつくってくれました。大好物です」

「よかった。じゃあ、早速食べましょうか」

里香がふたり分の皿を持ってきた。

「あれ？　ご主人は？」

「……急な出張が入ってね。高沢くん、お酒は飲めるわよね？　昨日も飲んでたもんね」

言いながら、ビールとグラスをふたつ持ってきた。

（出張？　旦那さん、いないんだ……）

ふたりきりだとわかって、一気に身体が熱くなる。

里香の旦那は、この町に本社がある大手菓子メーカーの部長だという。

だから急と言っても、さすがに昨日の今日で出張に出なきゃいけなくなるような立場ではないはずである。

ということは、最初からいないとわかっていて誘ったのだろうか。

かつての教師と生徒の関係だから、別に大丈夫と高《たか》をくっているのかもしれない。

もちろんこっちだって、何かするつもりなどないけれど、もしかしたら、と期待だけはしてしまう。

テーブルを挟んで真向かいに座った里香がビールをついでくれた。ふわっと石けんの甘い匂いがする。

(あっ……)

ビールをつぐために前かがみになっているから、わずかに里香の胸元が緩んだのが見えた。サマーニットのVネックから深い胸の谷間が覗いている。

(昔もこういう感じで、胸の谷間やスカートの中を覗こうとしたこと、あったなあ)

懐かしいと思った。

「どう、美味しい？」

里香が訊いてきた。

「うまいです。懐かしいな」

「でしょう？　私、料理は自信あるのよね」

里香がビールをキュッと飲み干した。

昨晩も思ったが、里香はいい飲みっぷりである。酔ってしどけない姿をさらしていたので、ちょっとドキッとした。

飲むほどに、デコルテがアルコールでほんのり赤く染まっていく。

柔和で優しげな表情が、とろんととろけ始めている。

だんだん色気が増してきて、なんだか気持ちがソワソワしてくる。

里香がワインを飲みはじめて、ほどよく酔ってきたときだ。

「そういえば、高沢くんはタイムカプセルに何を入れてたの？」

里香の言葉が甘え口調に変わってきた。

道夫はビールグラスを置いて、答える。

「たいしたものは入ってなかったですよ。ゲームのソフトとかコインとか、あとはみんなと同じ手紙です」

「ふーん。なんて書いてあったの」

「そこそこ頑張れって。なんか未来の自分に手紙って、恥ずかしかったんですよね、きっと」

道夫は苦笑しながら、天ぷらを口に運んだ。

「確かにねえ」

「関口先生は？　昨日は教えてくれなかったけど……教えてくださいよ？」

「私？　ウフフ。恥ずかしいけど、教え子たちが立派に成長しますように、ってことと、大人になった教え子と楽しくお酒を飲める日がきますように……だって」

里香が照れて笑った。

「先生の鑑《かがみ》じゃないですか」

褒《ほ》めると、里香がワイングラスを凝視《ぎようし》して言った。

「……昨日も言ったけど、高沢くんのおかげなのよ。当時ね、教師をやっていけるか不安でいっぱいだったの。そんなときに高沢くんに助けてもらって、頑張って先生やってみようかなって決心がついたの」

里香が、グラスのワインを呷《あお》ってから、熱っぽい目を向けてきた。

道夫はドギマギして目をそらしてしまう。

「やだな、酔ったんですか？　褒めても、なんも出ませんよ」

「あら、本心よ」

里香の大きな目が、色っぽくとろけていた。

憧れだった教育実習生のお姉さん。それが年を重ねても可愛いままで、しかも人妻の色香をムンムン漂わせている。

ほのかな恋心に火がついてしまいそうだった。

だが、こちらだって年を重ねて、大人の理性が働いている。

「しかしうらやましいな。こんな大きな家で、一流企業のご主人がいて」

道夫は話題を変えた。

里香が真っ直ぐ見返してくる。

「高沢くん、結婚は？」

「したいですけど、そもそも相手がいなくて。いいなあ、結婚も」

里香を見た。

彼女は力なく笑って、ワインを呷った。

道夫は、おやっ、と思った。

先生は唇を引き結んで、赤ワインの残ったグラスを眺めているうちに、次第に思いつめた表情に変わっていったのだ。

3

「実はね。恥ずかしい話なんだけど、ウチ……別居してるの」

「ええ？」

驚きつつも、もしかしたらと思っていた。

家に入ってから、夫婦で暮らしている感じがなかったのだ。

里香は愛らしい目を歪ませて薄く笑った。

「私ね、結婚しても教師を続けたかったから、結婚する前に、夫にそう言ったつもりだったの。ただ教師って大変でしょ？　平日も土曜日も部活指導で帰りが遅くて、休みの日曜日も疲れちゃってるから……。それで夫は教師を辞めてくれないかってずっと言ってて」

ずっと胸につかえていたことを吐き出すように、里香は続けた。

「子どもができないのも私の仕事が忙しいからだって……普段の生活もギクシャクしちゃって、それで……」

里香の告白に道夫は哀しくなってしまった。

旦那とうまくいかなくなった原因が、教師を続けていることだなんて。

気の毒だと思った。

里香は教師という仕事に誇りを持っているのだ。

それに、結婚する前に「教師を続けたい」と伝えてあったのだから、旦那の言い分に納得できないのも当然だろう。

だが男としては、旦那が言いたいこともわかる気がした。

地元の優良企業に勤務して高い給料をもらっていたら、奥さんには専業主婦になってもらって、子どもをつくって家を守ってもらいたいという願いも出てくるだろう。

（夫婦って難しいもんなんだな……）

「ごめんね、湿っぽい話しちゃって。ワインを持ってくるわね」

里香が明るく笑った。

里香がいそいそと立ちあがり、キッチンに向かった。

「あ、先生……」

つい道夫も立ちあがってしまった。

寂しげな里香の後ろ姿に、いてもたってもいられなくなってしまったのだ。

（旦那と別居している……きっと先生は……）

寂しさにつけ込みたいという、ズルい気持ちが無いと言えば嘘《うそ》になる。

でも先ほどから何度も、じっと見つめられていた。寂しいというシグナルなんじゃないか。

キッチンに行くと、里香はシンクの前に立って、マスカットを洗っているところだった。

「あ、友達からもらったマスカットがあるから出すわね。少し待ってて」

彼女は肩越しに、こちらをちらりと見て言った。

（昨日の居酒屋では、あんなに明るく振る舞っていたのに……）

教育実習の短い期間に受けもっただけの生徒に、自分のプライベートな悩みを打ち明けてくれたのはうれしかった。先生の〝特別〟になれた気がした。

薄手のサマーニットにミニのタイトスカート。

小柄で腰はほっそりしているのに、スカートを盛りあげる尻の丸みから目が離せない。ツヤツヤとしたウエーブがかったセミロングヘアから、悩ましげな甘い女の匂いがここまで漂ってくる。

「どうしたの？」

先生は視線を感じたのだろう、少し酔った口調で訊いてきた。

「いや、その……懐かしいなって。教育実習のときも今みたいな格好だったから」

「そうね。だって女教師って、こういうイメージでしょ」

その横顔にひどく欲情した。

酔った勢いもあって、思いきって言った。

「先生、知ってました？」

「何を？」

「教育実習のとき、男子が先生の後ろ姿を撮っていたの。カメラ付きの携帯で」

「え？　私を？」

先生が振り向いて驚いた顔をした。

「そういうスカートって、ほら、お尻の形がわかるから」

「やだっ……」

先生が手を止めて、目の下を赤く染めて恥ずかしそうにうつむいた。

「……高沢くんも撮ってたの？」

「え？」

息が詰まった。

顔を赤らめた先生が恥ずかしそうに、上目遣いで訊いてきたからだ。

心臓をバクバクさせながら、道夫ははっきりと口にした。

「撮ってはないですけど。そ、その映像は見ましたよ。だって中三の男子なんて、そういうことで頭がいっぱいですから。お、俺も先生のこと……」

突然、十七年前に逆戻りした気がした。

憧れの先生と生徒の関係。

だが当時と違うのは、ふたりともいい大人になっていることだ。

「そうよね。高沢くん、階段の下から、私のスカートの中、覗いてたもんね」

「えっ？」

冷や汗がにじみ出る。

バレていたのか。

「そ、そんなこと……あの……」

先生が笑った。

「わかっちゃうのよ、女の人って。男の子のエッチな視線がね。ドキドキしたわよ。ああ、真面目な高沢くんも、スカートの中に興味あるんだなあって」

顔から火が出るほど恥ずかしくなった。

先生はまたシンクの方を向いて、マスカットを洗っている。

「正直、どうしようかなって思ったの。怒った方がいいのかしらって。でも、思春期の男の子が、女の人のスカートの中が気になるのは、仕方のないことだって思って……黙っていたの。一度きりだったしね」

「もしかして……軽蔑しました？」

あのときの気持ちが蘇ってきた。

パンストに透ける白いパンツがちらりと見えたときは、そのまま射精しそうなほど興奮した。

先生がまた肩越しに振り向いてきた。

「……ウフフ、どうかしら。じゃあ、教えて。あのとき、先生のスカートの中を覗いてどう思ったの？」

先生の言葉がきわどいものになっている。

どくん、どくん、と心臓の音がひどく大きくなる。

ニットの胸元は、生々しく乳房の丸みを浮き立たせており、横から見るとその大きさが際立って見える。

タイトミニからは三十九歳の女盛りの肉感的な太ももがちらりと見えている。

あの頃よりも、さらにバストやヒップがムッチリしていた。

しかも童顔なのに、こんなに色っぽい人妻になって……。

（もうだめだ。ガマンできないよ、先生っ……）

こらえきれずに先生の背後にぴたりと身を寄せ、ズボン越しに硬くなった股間をヒップに押しつけた。

「……！」

先生はハッと顔を上げるも、そんなイタズラはなんでもないという風に平静を装い、それでも顔を赤らめつつ、マスカットを洗っている。

憧れだった先生に今、エッチなイタズラを仕掛けている。

頭が沸騰しそうだった。

「ああ、せ、先生っ……当時はもうガマンできなくて……」

ずっと、こうしたかったのだ。

「あん……エッチね……もうっ。高沢くん。イタズラがすぎるわよ」

さすがに先生はザルの中にマスカットを置いて、いやがるように、お尻をじりっ、じりっと揺すり立てる。

そのいやがり方が、まるで誘っているようだった。

思い切って先生をくるりとこちらに向かせて、キッチンシンクの前で抱きしめて唇を奪った。

「ん……ンフッ……ンン……んちゅ」

唇を重ねると、先生は悩ましい鼻息を漏らして、首に手をまわして情熱的に舌をからめてきた。

（やっぱり、先生も……）

でも最初からその気で、家に招いてくれたわけではないはずだ。

きっと酔ったはずみというのもあるだろうし、何より、人に相談できなかった悩みを聞いてもらえたというのも大きいのだろう。

しかも、俺は独身で、地元を離れている。

寂しさを埋める相手として、うってつけだったに違いない。

（ああ！　り、里香先生とキスしてる！）

唾液が粘り、糸を引くような激しいベロチュー。

こちらもそれに応えるように舌をからめ、抱擁を強めていく。

（先生の舌が、いやらしく俺の口内をまさぐってくる。ああ、欲しがってる。先生が俺のことを！）

口の中がとろけていくようだった。

無意識のうちに、夢にまで見た先生のヒップに手を這わしていた。

(うわああ、すごいお尻だ)

タイトスカートの上から肥大化したヒップに指を食い込ませると、柔らかいのに弾力がある揉み心地に陶然《とうぜん》となる。

「中三のとき……何度、先生のこのお尻を思い浮かべて、オナニーしたことか。もう、ガマンできなくて……」

キスをほどいた道夫は鼻息荒く、ぐいぐいと尻を撫でまわす。

「ああん、エッチね……私のお尻で……オナニーしてたの？　でも、いいの？今はもう三十九歳のおばさんよ」

上目遣いの先生が、恥じらうように甘えてきた。

(マジで可愛いな……)

記憶にある里香先生よりも、ずっとずっと色っぽくて魅力的だった。

「おばさんなんて。先生のことを、ずっとこうしたかったんですっ」

興奮しながら、道夫は先生の身体を反転させた。

そしてその足下にしゃがみ込んだ。

あの頃の可憐な女子大生を脳裏に思い浮かべながら、目の前の巨尻のタイトスカートを一気にめくりあげた。

（うわああっ）

夢のような光景が眼前にあらわれた。

あの頃に覗いたパンツと同じ、純白のつやつやしたパンティが、あまりに大きな尻を覆《おお》っていた。

パンティは若い女性が穿くような小さいものではない。

それなのに、尻があまりに大きいせいで、尻肉がパンティからハミ出していた。

（先生のお尻……で、でっか……）

小柄なのに肉づきがよくて、ヒップが大きいことは知っていた。

だが、これほどまでに大きいとは。

匂い立つような人妻のお尻のどっしりした量感に、道夫は血管が切れそうになるほど興奮した。

あの頃、こうやって先生のスカートの中を見たかった。

憧れのお尻だ。

道夫は里香の白いパンティに手をかけて、一気にずるっと剝《む》き下ろした。

「やっ！　ちょ、ちょっと……だめっ、こんなところでなんて」

先生は肩越しに羞恥《しゅうち》にまみれた顔を向けてきた。

さすがにキッチンで、いきなりパンティを脱がされるとは思っていなかったのだろう。

このまま寝室かリビングに行けばいい。

だが、もうだめだった。一刻も早くヤリたい。ガマンできない。

「せ、先生っ……だめだなんて。ここから、いやらしい匂いがプンプンしてるじゃないですかっ」

道夫は里香の身体をシンクの縁《へり》に押しつけながら、白い下着を膝までずり下げ、ナマ尻を食い入るように見た。

尻割れから、濃厚で生々しい匂いが漂ってくる。

その尻奥のフェロモンに欲情した道夫は、尻丘《そうきゅう》にぐいぐいと指を食い込ませて先生の尻肉を堪能《たんのう》した。

「い、いやっ……待って。待ってってば……お、お願いよ、高沢くんっ」

恥じらいの声は、もう道夫には届かない。

十七年越しの夢が叶ったのだ。無我夢中だった。

道夫は両手で先生の双丘をすくうように揉みしだいたり、形がひしゃげるほどに激しく捏《こ》ねたりした。

張りのある揉み心地と、滑らかな尻の肌触りにうっとりしながら、さらに、ムニュッ、ムニュッと揉みしだいていくと、

「だ、だめっ……あ、ああんっ……だめだってば……う、ううんっ」

といつしか先生は色っぽい喘《あえ》ぎ声を漏らしていた。

ハアハアと息も弾んできて、腰をくねらせつつも太ももをよじらせている様子は、もっとしてとおねだりしているようにしか見えない。

（ああ、たまらないよっ）

道夫は立ちあがり、背後から手をまわしてサマーニットをまくりあげ、白いブラジャーのホックを外して、ブラカップをめくり下げた。

4

ブラジャーからこぼれ出た先生のおっぱいは、わずかに左右に垂れ気味ではあったが、十分すぎるほどのふくらみであった。

「ああん」

先生は恥じらい、手で隠そうとする。

その顔が、まるで少女のようで可愛らしい。

その手を払いのけながら、豊かなふくらみを横から堪能した。

小豆色《あずき》にくすんだ乳輪が年齢を感じさせるものの、若い女にはない、いやらしさがあった。

「大きいんですね。谷間が見えただけで、おかしくなりそうでしたよ」

「言わないで……もうすぐ私、四十なのよ。形が崩れてきてるし……ああん、明るいところでは、だめっ、見ないで……」

先生が肩越しに懇願してきた。

だが彼女だって、寂しくて仕方がなかったはずだ。

だめと言って困っている表情にも、女の欲情がありありと浮かんでいる。

「ホントは先生だって興奮してるんでしょ？」

大きく手のひらを開いて、背後から、立ったまま乳肉を鷲《わし》づかみにして揉みしだいた。

（や、柔らかいっ……なっ、なんだこりゃ）

指がどこまでも沈み込んでいくようなとろけるような柔らかさだった。すくうように揉みしだけば、三十九歳の熟女の乳房は、いやらしいまでの揉み心地を指先に伝えてくる。

しっとりモチモチして、熟れているとしか言いようのないおっぱい。

ますます道夫は昂ぶって両方の乳房をギュッとつかみ、乳房の先端を搾《しぼ》り出すようにいやらしくおっぱいを揉みくちゃにする。

「あンッ……」

先生の顎が跳ねあがり、腰が揺れた。

乳首がムクムクと尖《とが》りを増してせり出してくる。両手の親指と人差し指でその乳房の頂《いただき》をキュッとつまみあげると、

「はあああんッ……いやっ！　……ああんっ」

先生は悲鳴にも似た声をあげ、身体をビクンッと震わせた。

「いやなんて言っても、もう乳首がこんなに硬くなってるじゃないですか」

「な、なってないわ……ああんっ……」

否定するものの、それとわかるほどに乳頭は硬く屹立し、乳房も汗ばんできている。

「ああん、お願い……ここはだめっ……キッ、キッチンでなんて……」

そう哀願する先生だが、甘ったるい女の肌の匂いだけでなく、生々しい牝の匂いをさらに強めていた。

背後から肩越しに表情を見れば、先生は眉をハの字にして、今にも泣き出しそうな顔をしていた。

愛らしい目が潤んでいる。

可愛い美熟女の表情にも、昂ぶりがはっきりと浮いている。

さらに欲望が燃えたぎる。

「だめです。もう止まりませんよ。先生のこと、ずっとこうしたかった」

右手を離して、太もものあわいから差し入れ、女のもっとも恥ずかしい部分に指を忍び込ませた。

「ああっ！　た、高沢くんっ……やだっ、やめてっ……あぁッ」

（えっ……？）

亀裂に指が触れた瞬間だ。

熱いぬめりがべっとりと指にまとわりついてきたのだ。

「ほうら、先生。もう、こんなに濡れてるじゃないですか」

耳元でいやらしく囁くと、先生は肩越しに恨みがましい目を向けてきた。

「あんっ……だって……高沢くんが悪いのよ。い、いきなり……ああんっ！」

先生は言い訳している途中で、シンクの縁をつかんで伸びあがった。

指先がクリトリスに触れたからだ。

「あっ、そこは……だめ……あっ……あっ……」

包皮に包まれた小さな豆を指で転がせば、先生はぶるぶると震えて、おもらししたように奥から新鮮な甘蜜《あまみつ》を大量に分泌《ぶんぴつ》する。

（触っただけでここまで濡れるなんて……やっぱり欲しくてたまらなかったんだな）

十七年前は、可憐な女子大生だった。

華やかで明るい教育実習の先生だった。

その憧れの人が、キッチンでかつての教え子にクリトリスを弄《もてあそ》ばれて、こんなにぐっしょり濡らしてしまうなんて……。

「先生だって、すごいエッチじゃないですか」

道夫は煽《あお》り立てて、さらに花びらをねちっこくいじり立てる。

指先に小さな膣孔《ちっこう》があった。

ちょっと力を入れただけで、ぐにゅうと膣の粘膜を押し広げて、穴の中まで指が入っていく。

「あァッ！」

先生は悲鳴をあげて、イヤイヤと首を横に振った。

中を指でゆっくりかき混ぜていくと、いよいよ細腰をくねらせて、まるでもっとしてほしいと言わんばかりにお尻を突き出してきたのだ。

「ああん……だめっ……だめっ……んんっ……」

さらに指を鉤状《かぎじょう》に曲げ、ざらつく天井をこすれば、

「あっ……あっ……」

と、先生はうわずった声を漏らして顎をせりあげる。

脚がガクガクと震えている。

横から見れば、先生の愛らしい顔は、ヨダレを垂らさんばかりに恍惚《こうこつ》としていた。

「ああ！　せ、先生！」

これほどまでに興奮したのは、おそらく初体験以来だ。

もっと先生とイチャイチャしたかったのに、気がつけばズボンとパンツをずり

下ろして勃起しきった男根を取り出していた。

気配を感じたのか、先生が背後を見た。

「ああん！　高沢くん。だめっ……だめってば……こんなところで……」

そう口にするものの、先生のセクシーな口は半開きで、ハアハアと色っぽい吐息を漏らしていた。

恥ずかしそうに身をくねらせると余計に尻がこちらに突き出され、ますます大きな尻が女らしい丸みを見せつけてくる。

道夫は背後から先生の細腰をがっしりつかみ、尻割れの奥に切っ先を挿入した。

恩師の濡れた花園を、ぬぷぷと一気に貫いていく。

「ああんっ！」

いきなり野太いものを挿入されて、びっくりしたのだろう。

先生は大きくのけぞりながら、ひときわ甲高い喘ぎ声を放った。

「ああっ……だめっ……あんっ、おっき……！」

先生は立ったまま、悩ましく背中をのけぞらせる。

（つ、ついに……先生を……俺のものに……）

挿入した瞬間、歓喜で熱いものが込みあげてきた。

中三の頃、ただただ憧れていた年上の女性。

女子大生と中学生では、大人と子どもだ。

当然ながら恋愛対象になんかなるはずもなくて、こちらは色っぽい尻を目に焼き付けて、家でオナニーするくらいが関の山だった。

それが……。

十七年経って、ついに憧れの先生とセックスしているのだ。

感動しないわけがなかった。

道夫はもう我を忘れ、先生のくびれた細腰をつかんで、ぐいぐいと激しく抜き差しした。

恩師の蜜壺《みつつぼ》はあったかくて、膣《なか》がひどく狭かった。

ぬめぬめした肉襞《にくひだ》の感触が、気持ちよすぎてたまらない。何よりも先生の巨尻の弾力が素晴らしかった。

道夫は腰を押さえつけたまま、ぐいぐいと立ちバックで先生を貫いた。

パンパンと打擲音が響き渡り、ぐちゅ、ぐちゅ、とこすれ合う音も大きくなっていく。腰をぶつけるたびに、先生の尻が、ぶわわん、と押し戻してくる甘美な弾力に道夫は酔いしれた。

「ああ！　い、いやっ……激しっ……あああっ！　はあああ！」

いきなり乱暴なピストンを繰り返され、先生は早くも感じた声を放った。

「ああんっ……こんな場所でなんて……やんっ……ああっ、はあああん！」

先生はシンクの縁をつかみながら激しくのけぞっていた。

乱暴にされて、膣がギュッと締めつけてくる。

透明な愛液ばかりでない。

白くてねばっこい本気汁《ほんきじる》まであふれ出して、内モモを滴《した》り落ちていく。

「先生っ、ああ……先生っ！」

道夫は貫いたまま前傾して背後から乳房をつかんで、乳首をいじり立てる。

「はあああ！」

先生は顎を上げて、肩越しに泣き顔を見せていた。

「か、可愛い……感じてる顔、可愛いよ、先生っ」

先生の表情がハッとなった。

「だめっ……み、見ないでっ……あんっ、いじわるっ……だって……ああんっ、
高沢くんのすごいのっ……だめっ……あんっ、変になっちゃうっ！」

先生の言葉に、さらに興奮が増した。

いきり勃《た》ったもので、もっと奥を穿《うが》つと、

「はあああ！　ああんっ。だめっ、そんな奥まで……壊れちゃうっ……はううんっ」

のけぞったまま、先生が肩越しにとろけた顔を見せてくる。

たまらず背後から唇を奪った。

「ううんっ……ンううんっ……」

息もできないほど激しく口を吸い合い、舌をもつれさせる。

ぴちゃ、ぴちゃ、と滴る唾液の音をたてながら深いキスをしつつ、夢中でストロークをする。

すると、先生はキスをするのも苦しくなったのか、唇をほどき、

「んんっ……あううんっ……だめっ……ああっ……あんっ、だめっ、そんなにしたら、イッちゃうう！」

突けば突くほど締まりが増してくる蜜壺と、粘り気たっぷりにからみついてくる膣肉の心地よさ。

道夫は激しく立ちバックで先生を責め続けた。

そのときだ。

先生の身体がギュッと強張《こわば》り、膣がキュッッと締まった。

「イクッ……ああんっ……イッちゃううう！」

先生は差し迫った表情を見せ、ついにはアクメの悲鳴をあげて、立ったまま何度も、ビクン、ビクンビクンッと痙攣した。

「ああっ、俺も出るっ、出ますっ、先生」

抜かなければ、と思ったときだ。

先生が振り向いて凄艶《せいえん》なイキ顔のまま、ふっと微笑んだ。

「いいのよっ……このまま……奥に高沢くんのを、ちょ、ちょうだいっ……私、今日は平気だから」

その台詞に猛烈な昂ぶりを感じた。

あの憧れの先生に……ずっとオナニーのネタにしていた思春期のアイドル的存在の先生に、これから中出しする……！

その禁忌《きんき》は道夫のトリガーを引いた。

「くうう、ああ……っ……あああ……」

道夫は情けない声を漏らし、シンクに押しつけたままの先生の中に、どくっ、

どくっ、とおびただしい量の精液を注ぎ込んだ。

（ううう……き、気持ちいい……）

出すたびに意識が飛んでしまいそうだった。

脚にも手にも力が入らなくなって、立ったままガクガクと脚を震わせた。

「あんっ……いっぱい……熱いのが……い、イクッ……ああ……」

中出しで再び絶頂を迎えたのか、先生の媚肉《びにく》が搾り取るように締めつけてきた。

先生はシンクの縁をつかんだまま、まるで少女のように恥じらい、キュッと目を閉じている。

（ああ、可愛い。それに色っぽくて性格もよくて。俺の最高の先生ですッ！）

道夫は出し尽くして、ぐったりしつつも、幸せを噛みしめながら先生を後ろから抱きしめ続けるのだった。

第四章　制服のまま無理矢理に

1

翌日、月曜日。

里香先生の家に泊めてもらった道夫は、用意してもらった朝食をいただいたあとにホテルに戻ってきた。

（時が動き出した……か……）

タイムカプセルを掘り出したとき、誰かが言った。

道夫も同じ思いだった。

（まさか里香先生を……憧れだった先生を抱けるなんて……）

心の中がまだざわついていた。

昨夜、キッチンから寝室に移動してからも、里香先生を抱いた。

最初、寝室のベッドに押し倒すと、先生はさすがに後ろめたいような、ためらいを見せた。

だがその表情が、かえって興奮を呼び起こした。

先生特有の生真面目さからか、夫と別居をしていても、まだ貞操観念を捨てきれないのだ。しかも、場所が夫婦の寝室なら、なおさらだろう。

本来なら、夫と子作りするはずだったベッドの上で、かつての教え子に抱かれるのだ。

道夫は里香先生の豊満な肉体をじっくり弄び、何度も何度もイカせ、時を忘れて朝方まで責めまくった。

そして朝になり、朝食を食べてから帰ろうと玄関に向かったときだ。

「私、夫と離婚しようと思うの」

先生が突然切り出してきたから、道夫は少し焦った。

「俺のせいですか？」

言うと、彼女はクスクス笑いながら、人差し指で道夫のおでこを、ちょんと突《つっ》き、

「生意気ね。そこまで私も若くないわよ。ずっと考えていたことなの。ただ、吹っきれただけ。そういう意味ではキミに感謝してるかな」

と言ってチュッとキスしてくれた先生が、少しはにかんだ。

「私にとって、キミはずっと中学三年生の真面目なクラス委員なの。助けてくれた恩人よ。そのイメージのままだったけど、キミに抱かれて……いけないことだってわかってたけど、うれしかった。やっぱり私、教師を続けたいの」

そう言いきった先生の目は、十七年前の教育実習のときと変わっていないような気がした。

そんなことを思い返しながら、ビジネスホテルのフロントの前を通り過ぎようとしたときだ。

受付に紗栄子が立っていた。

目が合うと、とても落ち着いた上品な笑みを浮かべて見つめてくる。

「おかえりなさいませ」

「あ、おはようございます」

軽くしどろもどろになった。

どうもまだ紗栄子との距離感がつかめていない。

なんといっても、筆下ろしをしてくれた相手なのだ。

だが一方で、連絡が取れなくなって、振られた相手でもある。

紗栄子はまわりを窺い、こっそりと、

「また朝帰り？」

とからかうような、色っぽい流し目をしてくるではないか。

「いやまあ……久しぶりに地元に帰ってきたから、懐かしい人にもたくさん会うんで」

「どれくらいぶりなの？」

「うーん。塾でバイトしてたとき以来かな」

ウソをついた。二十歳のときのあの晩のことを思い出してほしかったのだ。

そう言うと、紗栄子は妙な笑みをこぼした。

（やっぱり忘れてないよな、エッチしたこと……）

昔から眼鏡を取れば美人だったけど、当時は滅多に会話もしてくれない地味で目立たない存在だった。

今の仕事がホテルの受付業務ということもあるかもしれないが、十二年ぶりに再会した彼女は見違えるほど変貌していた。

形のよいアーモンドアイとひかえめで薄い唇が、とても凛《りん》とした理知的でエレガントな女性を印象づける。

グレーのジャケットの下は、真っ白なブラウス。

首元には赤いスカーフを巻いている姿は、どこから見ても清楚《せいそ》で上品なホテルのコンシェルジュである。

人あたりの良さそうな笑顔だが知的な雰囲気があって、仕事ならばなんでも応えてくれそうだが、プライベートでは軽々しく声をかけられない、かなり高めの美人に変貌していた。

彼女はニコニコ笑って、昔の話題とは違う話を振ってきた。

「今はどんなお仕事をしてるんだっけ？」

「東京でフリーのウェブデザイナーをしてます」

「えー、東京なんだ。こっちにはもう戻ってこないの？」

「そうですね。実家がもうないですから」

「えっ、そうなの？」

紗栄子がきょとんとした。

そして、気の毒そうな顔をするので道夫は慌てた。

「いや、破産したとかじゃなくて……」

勝手に親が沖縄に移住した話をすると、彼女はクスクスと笑った。楽しそうに笑っている彼女の記憶がなかったから、道夫は驚いた。

「田舎の人の割には、ずいぶんあっさりしてらっしゃるのね。でも、人生楽しそう」

「そう思いますよ。家庭を持っていても何かに縛られないような生き方ですからね。うらやましいですよ……」

「高沢くんは独身なの？」

「ええ。紗栄子さんは？」

何気なく訊いたら、紗栄子はちょっと表情を曇らせた。

「私はバツイチ、離婚したの。子どもがまだ小さいから、実家の母親が面倒見てくれていてね」

「ああ、なるほど。だから深夜とかは、いないんですね」

「でも最近、こんな田舎にも外国人の観光客が来るから夜も忙しくなって。今はたまに深夜のシフトも入ってるのよ。それにしても、高沢くんはなんにも変わってないのね」

彼女がクスクス笑った。

「まだ学生気分の抜けない、子どもみたいってことですか？」

「そうね」

あっさり言われて、道夫は冗談でムッとした顔をした。

「紗栄子さんと会ったときよりは、大人になってると思いますよ。あのときはその……女の人と手もつないだこともなかったし……」

十二年前に童貞だったことと、あの晩の情事を匂わすようなことをわざと口にした。すると彼女は目の下を赤らめ、それには答えずにぎこちなくニコッとした。

（うーん、言いたくないのかな。そうだよな……行きずりの関係みたいになっちゃったわけだし……）

気まずい空気が流れたので、道夫は慌てて話題を変えた。

「……似合ってますね。その制服」

「うれしいわ。私もこの制服、気に入ってるの」

彼女がジャケットの襟《えり》のところを触って、うれしそうに言う。

ちょっと胸を張ったので、胸元がかなり強調されて、道夫は目のやり場に困ってしまう。

胸元がパツパツだった。

ジャケットのボタンを留めている胸のあたりが、かなり窮屈《きゅうくつ》そうなのだ。

(紗栄子さんって昔から巨乳だったよな)

初体験で、あの大きさは贅沢すぎた。

そのせいで巨乳好きになったんじゃないかと、そんなあほなことを考えていたときだ。

チェックアウトの客が来たので、道夫はカウンターの端に移動した。

さすがに邪魔になるかなと思って、部屋に戻ろうとしたときだった。

紗栄子がカウンターの中から出てきて、おおっ、と思った。

タイトスカートの丈はかなり短くて、ナチュラルカラーのストッキングを穿いたムチムチの太ももが半分以上見えていたのだ。

(色っぽい脚じゃないか……十二年前よりもスタイルが良くなってる気がする)

すらりとした美脚に道夫はドキッとした。

離婚したとのことだが、太ももは元人妻らしいむっちりと悩殺的な量感があって、肌色の透過性の高いストッキングが光沢を放って眩しかった。

上背《うわぜい》があって、モデルのように均整の取れたスタイルではあるが、明らかに着やせするタイプだ。

服の中には、匂い立つような成熟した悩ましい肢体《したい》が隠れている。

後ろ姿も扇情的《せんじょうてき》だった。

ヒップはスカートの生地が破れてしまいそうなほど大きくパーンと張っていて、下着のラインが浮き立っていた。

さらには、チェックアウトする客の荷物を確認しようと屈んだから、タイトスカートに包まれた肉づきのいいヒップが後ろに突き出されて、目を奪われてしまう。

パンティどころか、クロッチのラインまではっきりスカートに浮いて見えるほど張りつめた尻肉がたまらない。

里香先生のお尻もすごかったが、紗栄子も負けていなかった。

バストは間違いなく紗栄子の方が大きくて、背が高くて身体の迫力は紗栄子の方に軍配があがる。

にじみ出る色香は里香先生の方が上だが、エロいのは紗栄子の方だ。

(スタイルのよさは、十二年前と変わってないみたいだな。でも、あのときは興奮しすぎていて、紗栄子さんの裸をあんまり覚えてないんだよな)

チェックアウトした客を見送ったあと、彼女が床にカードキーを落としてしまった。

カードキーは荷物を置くための台の下に入り込んだのが見えた。

紗栄子がしゃがんでカードキーを探していたので、道夫は慌てて近づいた。

「こっちの方に入ったと思いますよ」

しゃがんで手を伸ばしたときだった。

（……わっ）

衝撃的な光景が目の前にあって、道夫は目をそらした。

偶然にも、紗栄子のスカートの中が見えたのだ。

実のところ、ちょっとパンチラを期待したところがあって、わざとしゃがんで紗栄子の方に顔を向けたのだが、まさか大きく脚を開いていて、股間に食い込む黒いパンティがストッキングに透けて見えるなんて思わなかった。

紗栄子が顔を赤らめて、

「やだ、見えちゃった？」

と、おざなりに股間を手で隠したから余計に興奮した。

（からかっているのか）

道夫はドキドキしながら、代わりにカードキーを台の下から取り出してあげた。

紗栄子は何食わぬ顔で、それを道夫から受け取ると、

「ありがとう」

と言って、そのままカウンターの中に戻っていったのだった。

2

残りの日は何をしようかなと思っていたら、石田から連絡があった。

せっかくだから、久しぶりに釣りでもしないかと誘われて、中学時代を思い出した。

中学のときに自転車で、何度か海釣りに出かけたことがあったのだ。

「月曜なのに、いいのか？」

と訊いたら、休みだからいいと返された。

一昨日会ったあとに調べたら、石田は開業医の息子だった。さぞかし羽振りがいいんだろうと思っていたら、石田はホテルの駐車場にアウディで現れた。

「いいクルマ乗ってるなあ」

助手席に乗り込んで言うと、貫禄の出てきた石田はハンドルを握りながら、た

いしたことないと興味なさげに言う。

「田口に泣きつかれて買ったんだ。これでもうあいつから買ったの、三台目」

その田口や、村上も来るそうだ。

「なんだか悪いな、俺のために」

そう言うと石田に「あほか」と返された。

「いつもこんなだよ。月曜は中古車屋も休みだし、村上は坊さんだから、お盆のかき入れどきも終わって暇だし」

「あ、そうか、村上は坊さんか」

「親父さんはまだ現役だけど、そのうち代替わりするらしい。それまでは暇なんだと」

「へえ」

当たり前だが、みなそれぞれの人生がある。

面白いもんだなあと思いつつ、アウディが懐かしい港に到着した。

釣りの道具は石田に借りて、港の前の釣具屋で餌《えさ》を買った。

久しぶりに見たゴカイというミミズみたいな餌が気持ち悪かったが、すぐに慣れた。

田口はエアロパーツのついたミニバンで、村上は地味なカローラだった。

堤防まで行って、折りたたみの椅子に座って釣り糸を垂らす。

もうすぐ九月だが、日差しはまだまだ強烈だった。

だが田舎は東京ほどじめじめしていないし、海風が心地よい。

平日に釣りをしている人間はほとんどいない。静かに釣りをしていると懐かしい気持ちがじわじわと湧いてきた。

「東京かあ。いいなあ、楽しそうだ」

石田がうらやましそうに言うので、東京での暮らしを話してやる。

1LDKの家賃が月に十五万だと言うと、三人がのけぞって驚いた。

「1Lで？　ここらだと五万くらいだぞ」

「駐車場は？　えっ、二万？　クルマを置いとくのに月二万もかかるのか、あほくさ」

田口が目を丸くした。

道夫は頷いた。

「クルマなんか持てないよ。だから田口、悪いがおまえからクルマは買えん」

「いいよ、別に。おまえにまでマジで売りつけようとは思わん」

「おれらにはいいってか？」

坊主の村上が言うと、田口は笑った。

「儲《もう》かってる坊主と開業医にならら、何を売りつけてもかまわんだろ。そうだ、おまえ、四駆にしたいって言ってなかったか？」

田口が村上に言った。

村上は「あー、そうだった」と呑気《のんき》な声をあげた。

「正月に山ん中の檀家をまわるときに、チェーン巻くのも面倒だし。安いのないかって言ったんだった」

村上が坊主頭を撫でながら言う。

その間に、石田に当たりがきて、小さなキスを釣りあげた。天ぷらにすると身がふわふわして結構うまい。

「安いのがいいって、おまえ、葬式や法事でさんざん荒稼ぎしてるのにか。営業車みたいなもんなんだから、高い車に乗っても親父さんは怒らないだろう」

田口が言う。

村上は真顔で、首を横に振った。

「だめだ。いま本堂の建て替えで檀家に寄進《きしん》の増額を頼んでるんだ。そんなときに高いクルマなんか買ったら、檀家に刺されるわ。ホントは外車に乗りたいんだけどなあ。トヨタの型落ちのRVでもいいや」

村上が大きな身体を丸めて言うと石田が笑った。

「あはは、なあ高沢。こいつやばいんだぞ。この前、面倒だからってお経の半分をはしょったらしくて、あとでめちゃくちゃ親父に怒られたんだと」

「おまえだって、スナックの若いホステスに手ぇ出して、かみさんにメッチャ叱られて小遣い減らされただろ」

「あれなあ、実はまだ続いとる」

「えーっ」

みなで驚いて笑った。

そう言えば、石田は老け顔だが、無類の女好きだった。

「おさかんだなあ、おまえら」

呆れて言うと、村上と田口は「女好きが続いてるのは石田だけだ」ときっぱり言った。

「ウソつけ。おまえらだって、よくスナックに行ってるじゃないか」

石田が反撃する。

こういう女がらみの暴露合戦は楽しかった。

中学時代、たまに釣りに行ったときなど、同級生の女子の話で盛り上がっていたような気がする。もちろん中学生だから、C組の誰々が可愛いとか、A組の誰々のおっぱいがすごいらしいとか、そんな程度だ。道夫は聞いていただけだったが。

「そういや、高沢は硬派だったよなあ」

田口が言った。

道夫は眉をひそめる。

「硬派？　俺が？」

「アニメ好きだったけど、女に興味がなくて。たまに喋ると面白いヤツってイメージだ。だけどなんか、おまえ変わったなあ。姿形は俺らの中で一番変わってないけど、雰囲気はなんか変わった。話しやすくなった」

田口が言うと、ふたりが頷いた。

そんな印象だったのか。びっくりして道夫はからからと笑った。

「中三男子で女に興味がないヤツなんていないだろ。俺だって、里香先生のスカートの中を覗こうとしたりしたし……」

里香の名前を出すと三人が色めき立った。

「俺も覗いた！　懐かしいな。しかし一昨日に久しぶりに見たけど、里香ちゃん、変わってなかったなあ。アラフォーとは思えない可愛らしさだった」

「いいよなあ。可愛いのに色気があって。一回くらいヤラせてくれないかな」

「無理だろおまえは。それにしても、里香ちゃんと結婚した旦那がうらやましいよ」

里香は離婚のことを誰にも話してなかったんだなと、道夫は改めて思った。

それにしても、三人が口々に里香のことで盛りあがっているから、「実は昨晩、里香先生とヤッたんだ」なんて、口が裂けても言えない。

三人のやりとりを聞きながら、道夫はこの上ない優越感に浸った。

それにしても、結局は何も変わっていない。

一昨日、クラスのみんなで集まったときは、子どもの話とか、夫婦の話題とかばかりだったけど、地方の三十男だけが数人集まれば、必ずクルマか女の話になる。

変わったことと言えば、道夫もこうして普通に話せていることだ。

なんだかあの頃にできなかった青春時代の続きをしているみたいで、ちょっと感慨深い。

魚はさっぱり釣れなかったけれど、そんなことはどうでもよかった。

「懐かしかったな、タイムカプセル」

村上が竿《さお》を上げながら言った。

釣れた魚は何かわからなかった。

田口がクスクス笑って、話を続けた。

「まさか石田のラブレターが出てくるとはなあ」

四人で爆笑した。

石田が同じクラスメイトの佳奈子《かなこ》に宛てたラブレターが出てきた話が、あの日の居酒屋で一番盛りあがったのだ。

「でも、石田って大学時代に付き合ってなかったか、佳奈子と」

石田は首を横に振った。

「付き合ってないって。俺、大学時代は学習塾でバイトしててさ、そこの事務のお姉さんが好きだったんだよな」

石田の言葉に道夫は「え？」と思った。

そういえば思い出した。道夫は安永と大学の夏休み中ずっと塾のバイトをしていたが、石田はせっかくの夏休みを無駄にしたくないと言って来なくなったのだ。何をしていたのかは知らないけれど。

「そうだ、遠野学習塾に石田もいたんだった」

道夫が言うと、石田は「いたよ。薄情だなあ。高沢とは一週間しか一緒に働いてないけど」と笑った。

「覚えてるだろう、高沢も。事務のお姉さん」

石田の言う事務のお姉さんというのは、紗栄子のことだ。

なぜならあの塾で事務の若い女性は紗栄子ひとりで、あとはおばさんばかりだったからだ。

「紗栄子さんのこと？　今、ビスタスで受付やってるぞ」

「えーっ！　そうなのか。全然知らなかったぞ、狭い町なのに。ホテルに転職してたのか」

「そんなに好きだったのかよ」

田口と村上も乗ってきた。

石田がなぜか自慢げに言う。

「おう、見た目はめちゃくちゃ地味だったけど、眼鏡を外すと実は美形っていうギャップがたまんなかったんだよな。でもさ、パートのおばさんたちの噂話を聞いちゃったんだけど、当時、お姉さん、不倫してたらしいんだよな」

道夫は驚いて目を丸くした。

「えっ？　紗栄子さんが？　まさかあ」

内心、ドキリとしていた。

紗栄子さんが不倫？

まさか、あんなに地味な見た目だった彼女が？

でも、ちょっとアンニュイな感じだったり、周囲に素っ気なかったのは不倫のせいもあったのかも。

「相手は？」

道夫が訊くと、さあ、そこまではわからん、と石田が答えた。

「でもな、おばさんたちは確信してる口振りだったぞ。携帯のメールを見たとか言ってたし」

「へええ、知らんかったな」

と平静を装いつつも、内心はかなり動揺していた。

不倫って……既婚者と付き合ってたってことか。

十二年前を思い出していたときだ。

「おうっ！　かかった、おっも！」

村上が竿を引っ張った。

すごいしなりだ。巨漢の村上でも釣りあげられなくて苦戦している。

「ゴミにからまったんじゃないのか？」

「いや、動いてる。でかいぞ、これ」

「鮫とかじゃないだろうな、やだぞ、そんなの。糸を切ったらどうだ」

「まだわからんだろ。とにかく釣りあげるわ」

村上が踏ん張って、竿が折れそうなほど引っ張ったときだ。

海面から出てきたのは蛸《たこ》だった。

糸の先に大きな蛸がからまっていたのだ。

「うっわ、でか」

村上が言いながら竿を引いたら、蛸が田口の服に、べちょっとくっついた。

「うわっ、ばか、クソ坊主。へんなの釣りやがって、取ってくれよ」

「触れるかよ、糸切れ、糸」

「あっ、墨吐いたぞ、あはは。田口、もうその服だめだな」

「俺らに何台もクルマを売りつけた罰だ。あははは」

大騒ぎだったが実に楽しかった。

それよりも気になったのは紗栄子のことだ。

不倫か……。

あのとき確かに紗栄子は、人と関わり合いを持とうとしていなかった。

不倫の噂と俺に筆下ろしをしてくれたことは、何か関係があるんだろうか。

3

釣りを終え、石田の家で釣った魚を捌《さば》いてもらって、それをみんなで食した。

石田の奥さんは客あしらいがうまく、座持ちもいい。

あとでこっそり田口に訊いたら、夜の商売をしていたらしい。確かに化粧が派手だった。

田口は墨のついたTシャツを捨てて、石田から借りたTシャツを着ていた。

みんな潮の香りが身体にまとわりついて、腕も日に焼けていた。

夜十時になり、みな明日は朝が早いと言うので、そこでお開きになった。

その後、唯一飲んでいなかった石田の奥さんに、クルマでホテルまで送ってもらった。

帰りしな、

「また来てくださいね。旦那があんなに楽しそうなの、久しぶりだったから」

そう言われてうれしくなった。

なんだか、止まっていた時が動き始めた感じがした。

道夫は部屋に戻り、コンビニで買っておいたビールを飲んだ。

テレビをつけてみたら、地元のローカル局の番組をやっていた。

月曜日の遅い時間帯なのに、グルメ情報を流していて、ちょうどこの町を特集していた。昔は何もなかったはずの駅裏の方が栄えていたので驚いた。

町も寂れる一方ではなくて、場所を変えて活気を取り戻すらしい。

シャワーを浴びてから、寝る前にメールチェックをしようとノートパソコンを立ちあげて、メールソフトを開こうとしたのだが……。

「あれ？」

Wi-Fiが通じていなかった。

チェックインしたときにもらったパスワードの紙を見ながら、もう一度入力してみたが、やはりだめだ。

（おっかしいな）

明日にしようかと思ったが、メールが気になった。フリーランスで平日に丸一日メールを見ないというのは、どうも落ち着かない。

仕方なくフロントに電話すると、すぐに部屋に来てくれると言う。

三分ほどして、ドアがノックされた。

出てみると紗栄子だった。

向こうは当然ながらホテルの制服で、こちらはよれたTシャツとホテルの寝間着という格好なのが悔やまれた。いや、別に何をしようというわけでもないのだが。

「すみません、夜分に」

「いいのよ。今日はお客さんも少ないから」

紗栄子は部屋に入ってきて、慣れた手つきで机の後ろを覗いた。

シックなグレーのジャケットがやはりよく似合っている。

首元には赤いスカーフを巻き、タイトなスカートで上品な佇まいのコンシェルジュと、自分の間抜けな格好との落差がかなり恥ずかしい。

「今日は、ずっと朝から仕事してるんですか？」

尋ねると、紗栄子は笑った。

「夕方に終わるはずだったんだけど、遅番の人が急に熱を出しちゃったみたいで、来られなくなったからって残業を頼まれたの。家に連絡したら母親が子どもを見てくれるというから。でもさっき交代の人が来てくれて、引き継ぎも終わったから、これで帰れるわ」

言いながら、紗栄子がデスクの裏を上から見る。

「線は……つながってるわねえ……ちょっと待ってて」

そう言っていったん部屋を出ると、すぐにWi-Fiルーターを持って戻ってきた。

「交換しちゃう方が、てっとり早いから」

紗栄子はカーペットの上で四つん這いになって、デスクの陰のWi-Fiコネクタに手を伸ばす。

（おおうっ）

いきなり目の前で、紗栄子が制服のままで四つん這いの姿勢になったから、目が釘付けになってしまう。

こちらに向いたタイトミニのお尻が、くなくなと揺れていた。

（エ、エロいなっ）

懸命に作業をしているから、紗栄子は後ろからお尻を凝視《ぎょうし》されていることに気づいていない。

まずいなと思いつつ、じっと大きなお尻を見てしまう。

(里香先生といい勝負だな)

その大きなお尻を包むタイトミニが、四つん這いになっているから、裾が少しずり上がっていた。思わず道夫は身を屈めて、中を覗き込んだ。

ナチュラルカラーのストッキングに包まれた太ももが、きわどいところまで見えてしまっている。

くなくな揺れるお尻が、誘っているようで色っぽい。

ぼうっと見ていたときだ。

(あっ!)

紗栄子が机の奥の方に手を入れて、さらにグッと姿勢を低くしたから、パンティストッキングに包まれた下着がちらりと見えた。

朝と同じ、セクシーな黒だ。

(相変わらず無防備だな)

揺れるヒップに、ちらりと見える下着。

エレガントなのに無防備で、ちょっと隙のあるところがいい。

(隙か……だから不倫とかしちゃってたのかな……)

今は、不倫のことはいい。

それよりも訊きたいのは、十二年前にどうして俺と寝たのか。

どうしてその後、拒まれ続けたのか、だ。

今さらではあるが、せっかくここで再会したのだから、理由だけでも聞きたかった。

「どうかしら？　つながった？」

紗栄子が立ちあがったときだ。

ずっと四つん這いの姿勢をとっていたから、立ちくらみがしたのか、足元がふらついて、よろけそうになった。

「あっ、あぶない」

道夫は慌てて抱きとめた。

十二年ぶりの肉体だった。

あの夜の衝撃は今でも覚えている。

初めてナマで触れた女性の裸、初めてナマで見た女の人の感じる顔。

「やだ、ごめんなさい」

紗栄子は頬を赤くして離れようとした。

だが、触れてしまった以上、もうだめだった。

ホテルの部屋にふたりきり。宿泊客とホテルスタッフ。

なんだかアダルトビデオのシチュエーションみたいで興奮してしまう。離すどころかギュッと抱きしめてしまった。

「ちょっと、や、やめてっ……高沢くんっ、どうしたの？」

紗栄子が苦笑いする。

さらさらの絹のような栗髪が首筋をくすぐり、甘くて蜜のような、いい女の匂いが噎《む》せるほどに漂ってくる。

制服の上からでも肉づきのよさがはっきりわかる。

腰はくびれているのに、むちっとした弾力と柔らかさがたまらなかった。

二十四歳の地味ＯＬ時代よりも、三十六歳のシングルマザーの肉体は、ずっと豊満になっている。

（これが、子どもを産んだ身体なのか……腰まわりもくびれているし、お腹も出ていない）

もう一度、十二年ぶりに味わいたくなった。

「制服を着ている紗栄子さんがたまらなくて、つい」

言い訳にもならないことを言うと、

「だ、だめっ……今は勤務中なんだから、戻らないと」

「でも、引き継ぎが終わったって言いましたよね」

「だからってこんなこと……」

当たり前だが、紗栄子は抵抗する。

《不倫してたらしいんだよな》

石田の言葉を思い出して、心の中が千々《ちぢ》に乱れていく。

「あ、あの……訊きたかったんです、どうしても。あの晩、なぜ俺をホテルに誘ってくれたのか。その後に連絡がつかなくなったのは、どうしてなんだって……ずっと考えてたんです」

長年のわだかまりを絞り出す。

紗栄子は抵抗を止めて真顔になった。

「……そうよね。忘れられないわよね。あなたにとって、初めての女《ひと》が私なんだから……」

紗栄子はうつむいて逡巡《しゅんじゅん》してから口を開いた。

「覚えてるかしら。塾のオーナーの遠野さん。日焼けして、ちょっと堅気《かたぎ》に見えない感じの……」

覚えている。

年齢は五十くらいだったが、いかにも遊び人風だった。

塾の他にもビルをいくつか持っていて、手広く商売をしていた。

「あの塾に就職して二ヶ月くらいした頃からかな、オーナーさんと何度か食事に行くうちに、男女の関係になったの」

「え？」

まさか、不倫の相手があの塾のオーナーだったなんて。

「オーナーの奥さんが塾の経理をしていたでしょう？　もう夫婦仲は冷めきってるから、そのうち離婚するってオーナーに言われてたの。それを信じて待っていたんだけど……。だから私、職場ではおとなしくしてたの。奥さんにバレたくなかったから」

「そう……だったんですか」

なるほど、だから職場で周囲と馴れ合おうとしなかったのだ。

性格的なものではなくて、そういう状況だったのだ。地味なのに妙に色っぽかった理由もわかった。

「送別会の前日、私ね、もう疲れ果てて『この関係を終わりにしたい』ってあの人に言ったの。でも『来月には離婚して君と一緒になるから』って言われて……」

紗栄子が大きなため息をついてから続けた。

「でも、あの晩……奥さんはずっと楽しそうにしていたわ。ずっと見ていたけど、夫婦仲もよさそうだった。しかも一次会が終わってふたりで一緒に帰っていったでしょ。みんなにひやかされて、満更でもなさそうに……」

紗栄子は昔を思い出すように宙を見た。

「タクシーに乗り込んだふたりを見送ったとき、無性に虚《むな》しいというか、寂しくなっちゃって……それで、あなたを誘ったの……」

「俺がたまたま近くにいたから……ですか？」

紗栄子は「それは違うわ」ときっぱり言った。

「誰でもよかったわけじゃないの。私を誘いたそうにしてるのに、話しかけてきても、それがぎこちなくて……こんな純情でスレてない子もいるんだなあって。

こういう子を好きになればよかったなって……思ってた」

紗栄子は当時を振り返って、目を伏せた。

「ホ、ホントに？」

「ホントよ。今さらウソをついてもしょうがないでしょう？　でもね、私みたいな女と付き合ったら、あなたが汚れてしまうって思ったの。不倫なんかしていない、まっさらな子がお似合いだって。だから……」

紗栄子はそこまで言って、申し訳なさそうな顔をした。

そうだったのか。

ようやく胸のつかえが取れた気がした。

4

「私……高沢くんのこと、たまに思い出してたよ。今頃……どうしてるかなって」

紗栄子が見つめてきた。

こちらも見つめ返す。

紗栄子が背中に手をまわしてきた。

「んうん……」

どちらからともなく、顔を近づけて口づけを交わした。

すぐに温かな唾と息が口中に漏れてくる。ミントの歯磨き粉の味がして、その中に甘い吐息が混じっていた。

たまらなくなって舌を入れると、紗栄子はビクッと驚いたように舌を縮こまらせてから、おずおずとからめてきた。

（びっくりしてたな。俺が、舌を入れてくると思わなかったのかな）

彼女の中では、俺はまだ純朴な大学生のままなのかもしれない。

（あのときはリードされっぱなしで、何もできなかった。無我夢中で……）

今度こそ、成長した自分を見せてやりたい。

あのときのようにひとりよがりではなく、独り身の紗栄子を満足させてあげたい。

そう思って、強く唇を押しつけながらベッドに押し倒した。

タイトミニがめくれあがって、ストッキングに包まれた太ももがほとんど剝き出しになった。

色っぽい脚だった。

「あんっ……だめっ……制服が、しわになっちゃうから」

紗栄子が恥ずかしそうな顔をした。

「でも、もう今日は終わりでしょ？　もう一着ないんですか？」

訊くと、

「あ、あるけど……」

「明日はそれを着ればいいじゃないですか」

彼女が困ったような顔をする。

（恥ずかしいんだな、制服を着たままなのが……それなら、いっそ制服を着せたままエッチしたら……）

紗栄子は、もっと恥ずかしがるに違いない。

コンシェルジュが、勤務先のホテルの客室で宿泊客に抱かれるなんて許されることではない。

だからこそ、そのタブーを意識から消さないためにも、制服を着せたままがいいのだ。

紗栄子を、もっともっと恥ずかしがらせたい。

（というよりも単純に、こういうカチッとした制服の似合う知的な美女を、乱れ

させるのが男の夢なんだけど）

紗栄子のジャケットのボタンを外した。

だがボタンを外しても、そのグレーのジャケットは脱がせず、首元の赤いスカーフもそのままにして、白いブラウスのボタンを外して胸元を開いた。

（おおっ、やっぱり大きい）

ぶるんっと揺れた巨大なふくらみが目の前に現れる。

ブラジャーの色は黒だ。かなり刺激的である。

黒のブラジャーのカップをずり上げると、わずかに左右に垂れ広がる巨乳が露わになる。

（す、すごいなっ、あの頃と変わってないっ）

呆れるほどの大きさに、道夫は目眩《めまい》がした。

仰向けでも丸みがあって、下乳のたわみがすごかった。白い餅《もち》のように柔らかそうで、ふくらみ全体が左右にわずかに広がっている。

乳首はツンと尖っていて、乳輪は大きな乳房に比例するように大きく、さすがに子どもを産んでいるだけあって、くすんだ蘇芳《すおう》色をしていた。

たまらずに、ぬくもりのある乳肉をすくいあげると、柔らかく指が沈み込んでいき、それでいて弾力もあって指先を押し返してくる。

(や、柔らかいな。里香先生よりも柔らかいぞ)

ひしゃげるほど指に力を込めて大きすぎる乳房を揉むと、ふにゅ、とした乳肉のしなりを感じる。

十二年前の感触はあまり覚えていなかった。

だが、この手のひらを広げても、乳房全体をつかめなくて驚いた覚えはある。

あのときは、初おっぱいを無我夢中で揉んでいた。

だが今は違う。

興奮しつつも、下からすくいあげるように、いやらしく揉みしだけば、

「あっ……ああんっ……!」

早くも紗栄子がのけぞり、うわずった声を漏らし始める。

(感じさせたい)

あの頃の俺じゃない。

今度は紗栄子の身体をたっぷりと味わいつつも、理性をふっ飛ばしてしまうほど乱れさせたい。

ふくらみをねちっこく揉みしだきながら、蘇芳色の乳首に吸いついた。

「あんっ、だ、だめっ……ああん、ね、ねえっ……ホントに制服を着たままするの？　恥ずかしいから……」

眉をハの字にした紗栄子が訴えてくる。

道夫はその表情を見て、さらに煽りたてる。

「しますよ。いつもの職場で、制服を着たまま抱かれる自分を想像してみて……紗栄子さん」

そう言って優しく乳首に吸いつくと、彼女はビクッ、ビクッ、と震えて、激しく身をよじった。

「ああん……いやっ、やめて……言わないで……高沢くんが、こんなにエッチだったなんて……」

羞恥に染まった紗栄子の顔が、だんだん牝の顔に変わっていく。

小豆色の乳首をソフトに舐めていく。さらに尺取り虫《しやくとりむし》のように乳肉の上で指を這わせ、乳頭を探し当ててキュッとつまみあげた。その瞬間、

「はああっ！」

紗栄子がのけぞって、甲高い喘ぎ声をあげた。

これくらい強くしてもいいんだと当たりをつけて、片方の乳首を優しく舐めな

がら、もう片方の乳首をつまんだまま、くいくいっと動かすと、

「あ、あ……だめっだめっ、ああんっ」

こらえきれないとばかりに紗栄子が身を揺すり、おっぱいをいやらしくせりあげてくる。

(めちゃくちゃ敏感なんだな)

唾液にまみれた乳首が、赤く充血したようになっている。

口の中でも、すでにこりこりしていた。

反応が早かった。見ると、小豆色の乳首がもげそうなほどに尖りきって、ピンピンに真上を向いていた。

そして乳頭部の真ん中がわずかに陥没していた。

(エロすぎる乳首だな……十二年前はどうだったのか記憶にないけど、子どもを産んで変わったのかな)

考えながら、尖りきった乳首の陥没した部分を舌先でほじった。

「はあああっ……」

紗栄子は恥ずかしそうに首を横に振った。

つらそうに眉間にシワを刻んで、口を半開きにしたまま、こらえきれない喘ぎ

がどうしても漏れてしまうようだった。

（感じてる……紗栄子さんが感じてるぞ）

初めてのときは、様子を窺う余裕など一ミリもなかった。

筆下ろししてくれたお姉さんを、今度は自分が責めて感じさせている。それがうれしくて、じっくりと乳房を右手で揉みしだきながら、突起を舌で丹念に舐め転がしていく。

わずかにミルクの味がした気がする。

汗や肌の味だろうか。わからぬままに舌が痛くなるほど、縦と横に乳首を弾き続けると、紗栄子の乳頭部がますます硬くシコッてきた。

反応がいい。感度もいい。

そろそろ強めにいくかと、乳首をパクッと口に入れて、ちゅぅぅぅ、と吸いあげる。

「はあああん、いやぁぁぁ！」

予想通り紗栄子はのけぞり、しがみついてきた。

制服からこぼれ出たかのような乳房を揺らして、全身をよじらせる。

全身で感じているのだ。

吸いながら見れば、

「……ホントにあのときの高沢くんなの？」と、信じられないような、不安げな目をしていた。

戸惑っている紗栄子を尻目に、今度は唇を腹から腰にかけてゆっくりと下ろしていく。

「だめっ……ああ……だめっ……」

紗栄子が汗ばんだ半裸をくねらせて色っぽく喘ぐ。

エロい反応だ。もう止まらなかった。

道夫は身体をずり下げていき、グレーのタイトミニをめくりあげる。すると肌色のストッキングに透ける黒いパンティが丸出しになった。

「いやぁん……」

紗栄子は両足の太ももをよじり合わせ、三十六歳とは思えない恥じらいを見せてくる。

猛烈に昂ぶりつつ、くびれた腰に張りついたパンティストッキングを丸めながら脱がしていく。

黒いパンティに包まれた下腹部が露わになった。

パンティの横から、うっすら毛がハミ出しているのがエロかった。

誰かに抱かれるなんて思ってもいないから、お手入れもしていないのだろう。

そのありのままの紗栄子の姿が愛おしかった。

白いブラウスも首に巻いたスカーフも、そしてタイトスカートも身に着けたままの紗栄子を愛撫していると、彼女が戸惑いの声をあげた。

「ああん……ホントに……ホントに脱がせてくれないの？」

顔はひきつっているのに、その目は欲情していた。

「制服を着たまま身体中を弄ばれて、恥ずかしいんでしょ。……でも紗栄子さん、そのせいで余計に興奮してる」

紗栄子はいやいやと首を横に振った。

「し、してない。だって……だめって言っても高沢くんが強引に……」

「でもすごい感じてるじゃないですか。乳首だって、こんなに勃《た》っちゃって……」

「そ、そんなことないわ」

紗栄子が意地になって言い返す。

年上だけど、それが余計に可愛らしかった。

女優のように整った顔立ちのシングルマザー。

その彼女が強がっている。

制服を脱がせてもらえず、かつて自分がリードして、女を教えてあげた年下に翻弄《ほんろう》され、戸惑っている姿に欲情した。

道夫は、ほくそ笑んだ。

十二年前と立場が真逆だ。

「紗栄子さん……たっぷりとこの身体を味わって、メチャクチャにしてあげますよ」

囁くと、彼女は耳まで真っ赤になって目をそらした。

5

(絶対に悦《よろこ》ばせたい……)

紗栄子の方から、欲しいと言わせたかった。

今度は自分がリードして、彼女をメロメロにするのだ。

「黒のパンティ、紗栄子さんのいやらしい身体に似合ってますよ」

余裕ぶって言うと、ますます彼女の顔が赤くなった。

道夫は紗栄子の脚を大きく開かせ、黒いパンティのクロッチを指で横にズラした。

「んんっ……」

淫らな部分を晒《さら》されたことで、紗栄子は恥ずかしそうに声を漏らして顔を真横にそむける。

かなり濃いめの恥毛だった。

エレガントな美貌とのギャップがそそる。

その恥毛を指でかきわけようとしたときだ。

（えっ！）

思わず彼女の顔を凝視してしまう。彼女はカアッと目の下を赤らめ、つらそうにイヤイヤと首を横に振った。

すでに紗栄子のアソコはびっくりするほど、ぬるぬるだったのだ。

恥ずかしさのあまり、顔をそむけてしまうのも無理はない。

「濡れてる……だめなんて言って……ほらやっぱり、欲しかったんじゃないですか」

彼女は横を向いたまま言い訳する。

「ああん……私、濡れやすい体質なの……ああ、違うのよ」

何がどう違うのかわからないが、濡れていることは事実だ。

「体質なんですか。いやらしいんですね、身体がヨダレを垂らしてるみたいだ……」

言葉で責めながら、道夫はパンティに手をかけた。

「あん、だめっ……」

紗栄子が手でパンティを押さえるも、おざなりな抵抗だった。

そのまま強引にパンティを引き下ろして、片方の足首に引っかけたまま、両膝を左右に大きく割って、恥ずかしいM字開脚にさせた。

「ああ……!」

紗栄子が口元に手をやって、身をよじる。

そんな可憐な恥じらい方を眺めつつ、紗栄子の恥部をじっくり観察する。

濃い繊毛《せんもう》の奥に、ぷっくりと肉厚な女の園が息づいている。

花びらがかなり大きくて、まわりは黒ずんでいた。

小さな膣口は本当に子どもを産んだのかと思うほど、小さくて慎ましやかだ。

（こ、これが紗栄子さんのおまんこ……）

そこには、使い込んだようなエロスがあった。

道夫は肘《ひじ》を使って紗栄子の開いた両脚を押さえつけ、顔を寄せてスジを舌で舐めあげた。

すると、

「あっ……！」

紗栄子は、ビクンッとして、背中を大きくのけぞらせる。

道夫はほくそ笑んだ。

「いい反応じゃないですか」

煽ると、紗栄子が目を潤ませた。

「ああんっ、ねえっ、ねえ……いじわるしないで……こんな恥ずかしい格好、初めてなの」

「だって、紗栄子さんをむちゃくちゃにするんですから。もっともっと恥ずかしいこと、しますからね」

「やだっ……だめっ……ホントにだめっ……私ばっかりずっと責められてる」

泣きそうな顔だった。

自分が筆下ろしした童貞に、十二年後に陵辱される気分はどうだ？

さらに剝き出しの恥部に舌を這わせていく。

ねろりねろりと舐め続けていると、濃厚な発情の生臭さや、舌先が痺《しび》れるほどいやらしい蜜の味が濃くなってきた。

そして、

「んっ、んっ……」

と、紗栄子は感じた声を漏らし、とろんとした女の表情を見せ始める。

(ああ、とろけてきたな)

道夫が言う。

「気持ちいいんでしょう？　ほら、またこんなに濡れてきた」

「ああんっ、そ、そんなことないわっ。ただ、私が濡れやすいだけ……あっ……あっ……はあんっ……だめっ……それ……あっ、あうんっ……うふんっ……」

いよいよ紗栄子が雰囲気を出してきた。

だがもっとだ。上品で可愛い喘ぎではなく、我を忘れて、おかしくなるくらい乱れてほしい。

決してセックスがうまいと自負しているわけではないが、三十二歳でそれなりに経験も積んで、男として成長した部分はある。

今度は、紗栄子さんを手玉に取りたい。

少し考えた末に、紗栄子をうつ伏せにさせ、タイトミニを再び腰までめくりあげた。白い巨尻が剝き出しになった。

「あっ……」

紗栄子が顔だけを後ろに向けて不安な声をあげた。

生ヒップをじっくりと見ているのが伝わったのだろう。道夫はその尻のすさまじい量感に、生唾を呑み込んだ。

「いやらしいお尻じゃないですか」

言葉で責めつつ、左右の尻たぶを両手でぐいと開く。

すると、セピア色のアヌスが顔を覗かせた。おちょぼ口の可愛らしい排泄の穴が、シワを寄せて息づいている。

「ちょっと、だめっ……ホントにだめよっ……」

紗栄子が今までになく、狼狽《うろた》えた声をあげる。

さすがに尻たぼを開かれて、平然としてはいられないのだろう。アブノーマルな部分を、おそらくいじられたことがないのだろう。

尻穴だって性感帯のはず。

しかも理知的な彼女なら……おそらくノーマルでない部分も感じてくれるのではないか。未知なる快楽を味わわせれば……。

道夫は腹ばいになった紗栄子を押さえつけ、乱れたホテルの制服を着たままの尻を広げて、薄茶色の窄《すぼ》まりに舌を走らせた。

「あっ！　な、何をしてるのっ……やめて、お願い……そんなとこ、舐めるなんて！」

紗栄子は今までになく大きな声をあげて脚をばたばたさせる。恥じらいの声とは違って本気でいやがっているようだった。

道夫は、ほのかに匂う禁断の窄まりを唾液まみれにするほど舐めしゃぶる。

すると、

「ひっ！　あああっ……！」

彼女はあらぬ声を漏らして、ひっきりなしに尻を振りたくる。

わずかにピリッとした味が舌につくが、いやな感じはない。むしろ紗栄子ほどの美人の尻穴ならずっと舐めていたかった。

抵抗は激しかった。ところがだ。

しばらく舐めていると、

「だ、だめっ……ああん……だめよ、しないでっ……ああんっ」

最初、ひどくいやがっていた抵抗が、執拗《しつよう》なアヌス舐めに屈して、身体が感じ始めてしまったようだ。

やがて、信じられないことに、紗栄子が腰をもどかしそうにくねらせ、

「はあああんっ……ああん」

と、抑えきれない女の声を漏らし始めた。

（想像以上だ。やっぱり感じやすいんだな）

知性のある女性は羞恥プレイが好みだ。

想像力があるから、自分が責められている様子を客観視して、被虐《ひぎゃく》的な快楽に溺《おぼ》れるのだ。

紗栄子もそうだった。

ブラウスがはだけ、タイトミニを腰までまくりあげられて、おっぱいと尻を露出したまま、排泄器官を舐められて感じている。

「お尻も感じやすいんですね、紗栄子さんって」

煽ると、腹ばいの紗栄子は汗まみれの顔をこちらに向けて、

「そ、そんなことないわ。ああん……そ、そんな場所舐められたって、気持ちよ

くなんか……ああんっ」

強がりつつも、紗栄子が乱れているのがわかる。

道夫がいよいよ尻穴の奥まで舌を届かせると、紗栄子は目を潤ませてハアハアと息を弾ませつつ、

「あっ……あっ……ダメ……あはっ……あうんっ……ゆ、許してっ」

だめと言いつつ、もっとしてと言わんばかりに尻をせり出してくるのだから、そこが感じだしているのは間違いない。

さらに排泄の穴を舐めつつ、今度は指で膣穴を探り当てて力を込めると、指はぬぷーっ、と漏れた膣中に嵌まり込んでいく。二カ所責めだ。

「あああっ……だ、だめぇぇぇぇ！」

紗栄子はとたんに、ぶるぶるっと震えて背をのけぞらせる。

「気持ちいいんですよね」

紗栄子は泣き出しそうな顔をしながらも首を横に振る。

まだ理性があるらしい。ならばとさらに膣内に入れた指を鈎状に曲げて奥の天井をこすりつつ、同時にアヌスも激しく舐めしゃぶってやる。

すると、

「ああ、お、お願いっ……もうだめっ……恥ずかしいっ……」

いよいよ髪を振り乱し、腹ばいのまま手を伸ばして逃れようとする。

無理もない。

尻穴を舐められて、感じているなんてかなりの屈辱《くつじょく》のはずだ。

だがそこを突きたかった。

「気持ちいいんでしょう？」

恥辱の二カ所責めをしながら訊けば、紗栄子は口惜しそうに唇を嚙みしめる。

「ああん、いじわる……高沢くんが、ああんっ……こんなことするなんて」

つらそうに言いながらも、いよいよ腰がくねり出した。

もう肛門は唾でべとべとになって柔らかくふやけ、膣穴は蜜でぐっしょりと濡れている。

ホテル勤めのコンシェルジュは下半身を丸出しにされて、ひどく濡らしながらも快楽の波に翻弄されている。

紗栄子の顔は紅潮し、汗まみれで生々しいセックスの匂いが漂っていた。

さすがに舌が疲れてきたが、それでもやめなかった。

膣穴に指を入れてまさぐりつつも、もう片方の手も伸ばして、ワレ目の上部にあるクリトリスをいじったときだ。

「ああっ、それだめえっ……アアアッ……イッちゃいそう……」

紗栄子はうつ伏せになったまま、ひときわ激しく身悶《みもだ》えして、甲高い悲鳴をあげた。

「だめっ、き、気持ちいいっ！　気持ちいいからっ……ああんっ、だめっ、イッちゃう、イッちゃう……！」

紗栄子は赤く染まった顔をくしゃくしゃに歪め、次の瞬間、ビクンッ、ビクンッ、ビクンッと腰を大きく跳ねあげたのだった。

6

紗栄子は獣じみた声をあげたのち、乱れた姿のままベッドに突っ伏して、ハアハアと呼吸を弾ませていた。

眉間に刻まれた深いシワが、アクメの激しさを物語っている。

まだジャケットを着て、首元にスカーフを巻いたまま、タイトスカートを腰までまくって倒れている紗栄子の姿は、あたかも乱暴されたあとのような扇情的な様子で……申し訳ないが、ひどくそそってしまう。

紗栄子はしばらくすると、目尻の涙を拭《ぬぐ》いながらのろのろと上体を起こし、バストを晒したまま恨みがましい目を向けてきた。

「ひどいわ……やめてって言ったのに……あんな風にするなんて……」

「す、すみません」

身をすくめて頭を下げたものの、道夫はひどく満足していた。

ホテルの制服姿で、排泄の穴と膣の二カ所責めをされて紗栄子はイッてしまった。

それにしても、アクメに達した恥ずかしさで泣いてしまうとは。

可愛らしいにもほどがある。

筆下ろしをしてくれたときは、経験豊かなお姉さんだったけど、今は恥じらい深くて可愛らしい年上のシングルマザーだ。

彼女は乱れたスカートを直そうとしていたが、その姿もそそった。

道夫はもうガマンできないと、寝間着の上を脱ぎ、パンツ一枚になって身を寄せていく。

もちろん紗栄子は本気で怒っているわけではない。

ギンギンに前をふくらませたまま抱きしめると、紗栄子の方からむしゃぶりつくように荒々しくキスを求め、首に両手をまわしてくる。

（ああ、こんなに昂ぶっている……あんなに地味で真面目だった紗栄子さんが……）

ここまで昂ぶらせたことに満足して舌をからめ、うっとりしていると、

「ああん、もうちょうだい……私に、今度は私にさせて」

と言って道夫のパンツを脱がせ、ベッドに仰向けにされた。

「昔はあんなに従順だったのにこんなに悪い子になるなんて……恥ずかしかったんだから……あんなことされて……ああんっ、私ばっかりイカされて、おもちゃにされるなんて……お仕置きよ」

紗栄子は恥ずかしそうにしながら、腰を落として、そそり勃つ肉棒に手を添えてきた。

（えっ？）

乱れた制服姿のままM字に開脚し、切っ先を濡れた恥部に合わせて、ゆっくりと腰を落としてくる。

騎乗位でするつもりだ。

「んんっ、んんっ……お、おっき……」

屹立した肉棒を下の口で咥《くわ》え込んでいくほどに顔を歪ませていく。

眉根を寄せた表情が、下から見ているといやらしすぎて、埋め込まれたペニスがビクビクと脈動してしまう。

「あんっ、入ってくるっ……ごりごりって、ああんっ……」

紗栄子は道夫の腹に手をついて、そのままぺたんと腰を落としきった。

奥まで挿入すると、紗栄子の中の媚肉がうねり始めた。

ペニスを、奥へ奥へと引きずり込もうとしてくる。

(つ、つながっちゃったよ……ナ、ナマで……い、いいのか?)

しかし紗栄子はもう興奮しきっていて、ゴムのことなどまったく気にしていなかった。

もう、どうにもできなかったのだ。

(ナマ性交……す、すげえっ……)

騎乗位姿の紗栄子の表情と、熱くたぎった蜜壺の具合に、道夫は息もできないほど興奮した。

紗栄子はすぐに腰を使ってきた。

「ああ、ああんっ……」

もうぐっしょりと濡れていたので、前後に揺らすたびに、ぐちゅっ、ぐちゅ、と卑猥な水音が立つ。早くも腰のあたりが愛蜜《あいみつ》でぐっしょぐしょになった。

（ああ、紗栄子さんがこんなにエッチなことをしてくるなんて……）

夢のような光景だった。

十二年前の初体験。

挿入してすぐに腰を振り続け、あっという間に射精してしまった。

緊張しまくって何も覚えておらず、ただ初めてセックスをしたという感動で頭がいっぱいだった。

それが、今は……紗栄子の蜜壺の締まり具合まで把握できている。

上に乗って腰を振る紗栄子の、眉間に縦ジワを刻んでいる切羽《せっぱ》つまった表情を楽しむことすらできている。

「ああんっ、おっきい……いいっ……ああんっ、奥まで来るっ……」

肩までの栗髪を振り乱し、クイッ、クイッと股間をしゃくるように動かしてくる紗栄子の淫らさに息を呑むばかりだった。

制服がはだけ、たわわな白いバストを揺らしながら、腰を振りたくる紗栄子にもうぞっこんだった。

たまらず下から手を伸ばし、揺れる乳房をつかんで、乳頭部のこりこりを指でつまめば、

「ああっ、あああ……！」

腰振りのピッチはますます速まり、熱くぬかるんだ媚肉が、勃起しきったペニスにからみついてきた。

紗栄子の額からツゥーッと汗が垂れ、道夫のお腹にぽたぽた落ちてくる。そんなことなど気にせずに、彼女は腰を振りまくる。

こちらももう限界だった。

下からぐいぐいと腰を叩きつけ、性器と性器を激しくこすり合わせて、快楽を貪《むさぼ》ろうとした。

「んんっ……あっ、だめっ……そんな激しく……あぁんっ！」

乱暴に下から突き上げてやると、紗栄子は大きくのけぞり、悲鳴が一層大きくなる。

さらに激しく打ち込むと、

「いやっ、いやあああ！」

ますます腰の動きが激しくなって、首を左右に振り始めた。

豊満な熟れた肉体が道夫の上でバウンドして、ぱちん、ぱちん、と腰を打つような音が響き渡る。

垂れ落ちる愛液とガマン汁が混ざり、高まる体温と噎せるようなセックスの生臭さが部屋中に充満した。

紗栄子の腰の動きが速くなる。たまらなかった。

「ああん、激しいっ……あんっ……あんっ！」

紗栄子の目は焦点を失い、とろけたようにぼうっと宙を見あげている。

信じられなかった。

あの紗栄子を……筆下ろしをしてくれたお姉さんを……自分が気持ちよくさせている。

このまま中イキさせたかった。

ギンギンのチンポで、ぐいぐいと下から浮きあがるほど突き上げる。

すると、

「だめっ……もうだめっ……」

紗栄子が声をあげた。

「ああっ……き、気持ちいいっ。イッちゃう！　ああん、イッちゃうからっ」

「お、俺も……ああ、俺も……」

奥まで突いたときだ。

「ああん、だめぇ……もうだめぇぇぇ」

ざらつく膣肉が、キュッと肉棒にからみついてきた。

紗栄子の腰がガクガクと震えて、今まで以上に淫らな腰振りを披露した、そのときだった。

「イ、イク！　だめぇぇぇ……イッちゃううう！」

紗栄子が前傾して、抱きついてきた。

抱きつきながら、びくん、びくん、と震えている。

同時に膣が急に痙攣し始めた。こらえられなかった。

「あっ……くううっ……」

痛烈な快感が全身を貫く。

どくっ……どくっどく……。

背中が震え、痺れるほど熱い礫《つぶて》が放出されていく。

中に出していいかもわからなかったが、もうそんなことを考える余裕などなかった。

ただあの紗栄子を、十二年経って自分がリードしたという自信をみなぎらせながら、恍惚《こうこつ》の中、注ぎ込んでいった。

初体験させてくれたお姉さんを、今度は俺がイカせたのだ。

この上ない、至福のセックスだった。

第五章　人妻になった教え子と再会

1

駅前のアーケード街は昔の活気をなくしたけれど、そこから一本奥に入った裏通りには、スナックやクラブといった「夜の店」がいくつか残っていた。学生の頃はまったく縁のなかった店なので、視界にも入ってこなかったが、当時からあったような寂れた老舗《しにせ》の店もいくつかある。十店ほど同じような店が固まっているから、この町ではここが夜の繁華街なのだろう。

中学三年のときに同じクラスだった後藤と広本《ひろもと》に誘われて、三人で夕飯に寿司をつまんでいたときだ。酔った後藤に「東京の夜の町は華やかでいいだろ」と言われたものの、「行ったことない」と答えたらびっくりされた。

そして「じゃあ今夜は、大人の社交場に連れていってやる」と言われて、ついてきたのだ。

後藤は小さな建築会社の専務で、広本は生コン会社の部長だ。

今の建設業は慢性的に人手不足だから、大手にいるよりも、小まわりの利く小さな会社の方が儲かるらしい。

へえ、と思った。

(ちゃんと働いてるんだなあ、チャラい見た目してるのに)

昔はヤンチャしていたふたりである。

中学の頃はあまり接点がなかったが、久しぶりに会って話してみたら、わりと普通に盛りあがった。

東京でIT系のフリーランスをしている道夫である。

地方で職人をしている人間からしたら、得体が知れないというか、興味が湧いたのだろう。

クラブ「エデン」は華やかな店だった。

中に入ると、天井からシャンデリアがぶら下がり、入り口の棚にヘネシーやらドンペリやらの瓶が飾ってあって、ミニスカートの派手な女の子たちが迎えてくれた。

ムーディな音楽が流れ、甘ったるい香水の匂いがした。

女の匂いがムンムンしている。

初めての世界に道夫はクラクラした。

「おい、ここ高いんじゃないのか？」

こういう店に入ったことがないので、道夫は心配になって小声で訊いた。

後藤が日焼けした顔でニンマリ笑う。

「安くはないけど、まあビクビクすんな。交際費で落とせるからな」

ふたりは堂々としていた。

交際費？

今どき交際費なんて使えるのだろうか。地方はまだまだいけるのかと驚いた。

三人で、背もたれの高いソファに座った。

それぞれに女の子が付いてくれるから、間にひとり分のスペースを空けて座るらしい。

「本当に交際費なんて使えるのか？」

道夫が訊くと、後藤が鼻高々に返してくる。

「役人を接待するときなんか、こういう店で飲みたがるからな、連中は。いっぺんだけ隣のスナックに連れてったら、来月の工事を他にまわすって言われた」

またまた驚いた。

コンプライアンスの重要性が叫ばれるこの時代、やはり地方と東京では意識に大きな開きがあるようだ。

「今どきすごいな、接待か」

道夫は、まるで昭和のようだと驚いたのだが、ふたりは羽振りのよさを褒められたと勘違いしたようで、意気揚々と笑った。

「市役所の連中を天下りさせるために、接待するんだ。元役人を飼っておけば仕事を取れるからな。あいつら、ゴルフばっかりしてるけど」

「まあおかげで、言い値で仕事をもらえてるんだけどな」

広本がイヒヒと下品に笑った。

賄賂《わいろ》に談合《だんごう》ではないのか。

地方の行く末が心配になるが、まあそれも生きる術《すべ》なのか。

「こんばんはぁっ。やだ、後藤さん、ずいぶん久しぶりじゃない？」

タイトミニのドレスを着た肉づきのいい女の子が甘えるようにして、後藤の隣に座る。

ソファに座ると余裕でパンチラした。白だった。

広本の横にも愛嬌のある子が座った。

なかなか可愛いし、本物かどうかわからないけれど、おっぱいが大きい。

だけど年齢がちょっといっている気がした。自分たちと同じか、ちょっと上かもしれない。

ホステスたちが見慣れない顔の道夫を見た。

「こちら後藤さんたちのお客様？　お上品な感じだけど」

ふたりのホステスが褒めてくれた。

後藤が、ジャケットを着てこいと言ったのは、このためか。

「中学んときの同級生で、東京でデザイナーをしてるんだ。久しぶりに地元に帰ってきたんだけど、こういう女の子のいる店は初めてだって言うからさ、連れてきた」

後藤が言うと、ふたりのホステスが「えー、東京!?」と目を輝かせた。

(ああ、俺はホステスの気を引く役まわりなんだな)

道夫は納得した。

「だから、可愛い子つけてくれよ。それとボトル出してくれ」

広本が言う。肉づきのいい子が親指を立てた。

「まかせて、イチオシの若い子をつけるから」

彼女が振り向いて、女の子を呼んだ。この女の人がどうやら店のママらしい。

店の奥から、白いドレスの子が近づいてきた。

(おっ!)

マイクロミニスカートからすらりと伸びる脚が抜群にキレイだった。

太ももがきわどいところまで見えている。

タイトなノースリーブのドレスの胸元もざっくり開いていて、小麦色の胸の深い谷間を見せつけていた。

(な、なんてエロい……すごいスタイルだな)

さすがママのイチオシだった。胸もお尻もぷりんっとしていて、それでいてお腹まわりがほっそりしている。

顔立ちもまさにホステスといった派手な雰囲気だった。

栗色のふわっとしたショートボブと、大きくクリッとした黒目がちな瞳。

マスカラで盛った睫毛《まつげ》にくっきりとした双眸《そうぼう》。

ぷっくりとした厚めの唇は、きらきらとピンクに濡れ光っている。

いかにもギャルという雰囲気で、道夫からは絶対に声をかけられないタイプの女性だった。

（うおっ、可愛い！　あれ？）

道夫が「あっ！」と声をあげると、ギャルのホステスも一瞬「あっ！」という顔をしたが、すぐに営業スマイルに表情を変えた。

「なんだよ知り合いか、そんな可愛いギャルと」

うらやましそうに見ていた後藤が言った。

ギャルが道夫だけに見えるように、自分の唇の前に人差し指を立てて、茶目《ちゃめ》っ気たっぷりにピンクの舌を出した。

道夫は察して言い訳した。

「あ、いや、知り合いに似てただけ」

「そうですよねえ。だって、ここ初めてでしょ？」

彼女が隣に座った。

それだけでマイクロミニのドレスの裾がさらに短くなって、太ももの間に白いデルタゾーンが見えてドキッとした。

見た目は派手なのにパンティは白だ。店の決まりでもあるんだろうか。

「ウフフ。ねえ、普通、もうちょっと隠さない？　そういうエッチな目って」

彼女が馴《な》れ馴《な》れしく言いながら身を寄せてくる。

彼女の二の腕や太ももがぴたりとくっついてきた。

「初めまして……ミカでーす。お兄さんは？」

彼女が屈託《くったく》なく笑いながら、白々しく訊いてきた。

道夫は、

「た、高沢だけど、高沢道夫」

と答えながら彼女にだけ聞こえるように、小さい声で尋ねた。

「……なあ、葵《あおい》ちゃんだろ？」

彼女はまわりにバレないように小さく頷いた。

（やっぱり……）

十二年前、道夫が遠野学習塾でバイトしていたときの教え子をまじまじと見た。

池上《いけがみ》葵は当時高校二年生で十七歳。東京の大学に進学したいと、その塾に通っていたのだ。

教え子は三十人くらいいたはずだが、どうして彼女のことを鮮明に覚えていたかというと、それはもう彼女が可愛らしかったからである。

それに加えて、東京の私大に通う道夫に懐《なつ》いてきて、

「ねえ、先生。東京って楽しい？　芸能人を見かけたことある？」

とか、

「東京のキャンパスライフって、どんな感じ？」

とわりと馴れ馴れしく話しかけてきたのだ。

都会に憧れる純朴な少女だ。さすがに教え子に邪《よこしま》な感情を持つことなんてなく、妹のように可愛がっていろいろ教えてあげたものである。

早いうちから受験勉強を頑張っていた葵は、現役で都内の女子大に合格した。

そして上京してきた四月に、葵が道夫に連絡してきたのだ。

じゃあ入学祝いに都内を案内するといって、何度かデートをしたこともある。

だが五月に入ると四年の道夫は就活が忙しくなり、何度か葵からの誘いを断ったら、その後ぱったり連絡が来なくなってしまった。

おそらく葵も大学生活に慣れて、毎日が楽しくなったのだろうと思っていた。

向こうから連絡が来なくなれば、こちらから連絡などできるわけがない。

おそらく「イケメン大学生と合コンしているから、こちらから連絡しても冷たくあしらわれるだけだろう」と勝手に思い込み、結局それっきりになって今に至るわけである。

（しかし、十年で変わるもんだな）

水割りをつくる葵を盗み見た。

あの頃は黒髪ロングの清純そうな女の子だった。

それがまさか……。

ふんわりウエーブさせた茶髪に、健康的な小麦色の肌。

目をくっきり見せるアイシャドーや、キラキラしたピンク色のリップは、ギャルそのものだ。しかもかなりセクシーなギャルである。

（肌も小麦色で……。なんだこの変わり様は……）

葵は三つ年下だから、二十九歳のはずである。

しかし、見た目だけなら二十歳そこそこにしか見えないだろう。

しかもやたらとエロいのだ。

おっぱいの谷間が剝き出しで、超ミニスカートは裾を引っ張らなければ普通にパンティが見えてしまうくらい短い。

こういう夜の店できわどいドレスを着ているからなのだろうが、身体つきが半端なくいやらしい。

それに加えて、である。

甘く媚びたような表情がたまらなかった。

大人っぽさとチャーミングな雰囲気が同居していて、まさに小悪魔的。

十二年前からのあまりの変わり様に、道夫は身体を硬くしてしまう。

隣では後藤が、

「フルーツ？　いいぞ、頼め頼め」

と楽しそうに大盤《おおばん》振る舞《ぶま》いをしていた。

「ねえ高沢さん、私もお酒頼んでもいいですか？」

葵が、いや、今はミカか。

わざとらしく道夫に愛想を振りまいてきた。

「い、いいけど……なんでこんなところにいるんだよ」

道夫が囁くと、葵はそれには答えずに、店のスタッフにカクテルを頼んでいた。

横を向いたら、ドレスのブラカップの隙間から乳首が見えそうになっていた。

胸はかなり柔らかそうだ。

「なんでしたっけ？」

葵が振り向いてニコッとした。

メイクが濃いけれど、この笑顔には女子高生時代の面影があった。

「だから、なんでこんなところにいるのかって……」

途中で葵は人差し指を道夫の口に当て、追及を遮《さえぎ》ってきた。

「そういうのは訊かないルールなの」

客あしらいに慣れているという感じで、葵がイタズラっぽく笑った。

ということは、ここで働いているのがバレるとまずいのか。

（こんな小さな町なら、すぐに身バレしちゃうだろ）

心配になって、どれくらいの頻度で店に出ているのか尋ねた。

「今日はアルバイトなんですよ。普段は全然入ってないんです。昼職してるし」

ちょっとホッとした。

それがホントかウソかはわからないが、とにかく夜の世界にどっぷり浸っているわけではなさそうだ。

横を見ると、後藤と広本は熱心に相手の女性を口説いていた。恐ろしいほどこの店に慣れている。

そう思っていると、葵がつんつんと肩を突《つつ》いてきた。

振り向くと、葵が甘えるような上目遣いをしている。

かつての教え子だ。

欲情してはいけないと思いつつも、やはり可愛いものは可愛いので、一気に下半身が火照ってくる。

「……今日、アフターしません？」

「アフター？」

「お店が終わったら飲みに行ったりすること。お客さんはみんな店外で仲良くなりたいから、アフター目当てに足繁く通うんだよ」

なるほど。だからお店にお金を落とすわけか。

「普通はどれくらい通ったらアフターしてくれるの？」

「うーん、最低十回かな」

「うわあ、高くつくなあ」

「だって、お店が儲かるようにしないと、私たちのお給料が出ないでしょ？」

言いながら、葵がギュッと抱きついてきた。

かあっと頭が熱くなる。

「でもお客さんは東京から来たから特別。ねえ、他にお客さんいないし、今日は多分、お店を早く閉めるはずだから、アフターしよ。隣のおふたりは別行動でそれぞれ飲みに行きたそうだし、ママもクローズしたがってるから……ねえっ、行こっ」

二の腕のあたりに、葵のたわわなバストの柔らかさを感じた。

さらに下半身が熱く火照ってきた。

2

「は？　結婚？」

近くの居酒屋に入って、生ビールとカクテルを注文してから近況を訊いたら、いきなり葵に打ち明けられて驚いた。

葵は女子大を卒業したあとに、東京で大手のアパレルメーカーに勤めていたが、そのアパレル会社の業績がよくなかったのと、人間関係の面倒くささに疲れ果てて、三年前に新潟に戻ってきたのだそうだ。

地元では小さなエステの店に勤めていて、そこで出会った男と二年前に結婚したらしい。

現在は池上ではなく、今井《いまい》葵だと言う。

「結婚って……じゃあ夜の店に出てるの、旦那さんは何て言ってるの？」

「一応居酒屋で働いてるってことにはしてるんだけど、ウチの人はそういうのはあんま厳しく言わない人だから。それにホント、あのお店に出るのは月イチとかそれくらいなの。だから今日はすごい偶然」

飲み物がきたので、乾杯した。

葵は「お腹すいたあ」と笑いながら、カルパッチョや唐揚げを注文した。

(結婚したのか……雰囲気が変わったのは、それもあるのかな)

栗色のショートボブと黒目がちな瞳。小麦色の肌。

ぱっちりした目がキュートで、かなりチャーミングなギャルである。

ドレスは着替えてきたが、私服もエロかった。

韓国のアイドルが着ているような、ノースリーブのニットミニワンピース。

ぴったりと身体に張りつくデザインだから、女性らしい丸みのあるボディラインがはっきりとわかる。

甘美な胸のふくらみとミニ丈のワンピから覗く太ももがいやらしすぎる。

胸元はほどよく盛りあがっていて、ツンと上向いた乳房の形のよさが、ニット越しにもはっきりわかる。

それに加えてだ。

先ほど脚を組み替えたときにちらりと見えたが、ミニ丈のワンピースの下はストッキングを穿いていない生脚で、ちらりと白いパンティが見えてしまったのだ。

というか、パンツが見えても平気らしい。

こういった奔放なギャルは苦手だけど、相手が葵なら話は別だ。気さくに話ができる。

「どれくらいぶりだっけ、十年くらいか」

ビールを飲みながら訊くと、葵もカクテルのグラスを持ちながら「えーと」と宙を見た。

「大学に受かって、東京で暮らしはじめたときに会ったから……それ以来かな」

そう言う葵の顔が一瞬曇った気がした。

あのときは葵の誘いを何度か断ってしまった。

彼女のことを可愛いとは思っていたが、塾講師と教え子の関係だ。当然ながら手を出すなんてことはないし、下心すらなかった。

それに、当時は就活で手一杯だった。

（もったいないことしたかな……なんて……）

今の葵を見ていると、そんな風に思ってしまう。

あんなに真面目で、おとなしそうだった葵が派手なギャルに変身してしまうなんて……。

（しかも人妻か）

葵が何かを床に落としたようで拾おうと前屈みになると、両肩から鎖骨《さこつ》まで大きく露出したミニワンピだから、ちらりと白いブラジャーが見えてしまった。

ネイルを施した長い爪。

手足がほっそり長くて胸が大きい。

生意気そうに見えるけど、日に焼けた健康的な肌が魅力的だ。

しばらく飲んでいたら、酔っているのか、葵の目が据わってきた。

ネイルを施した長い爪で、栗色の髪をかきあげながら、とろんとした目でこちらを見てきた。

「ねえ先生……ずっと、葵のこと見てない？」

向かいに座った葵がじっと見てくる。教え子だが、たった三つ年下の可愛いギャル妻だ。

改めて色っぽくて照れてしまう。

「いや……葵ちゃん、細いなあと思って」

「でも、おっぱいはあるよ、ほら」

葵が前屈みになって、胸の谷間を見せてきた。

目が泳いだ。

「いやその、全身が細いっていうかさ」

「昼にエステとかやってるからかなあ、ちょっと前までストレスで太ってたから、ダイエット頑張ったの」

「太ってたのか」

「そう、五十三キロまでいっちゃって」

道夫は「へ？」と首をかしげる。

五十三キロなんて、全然痩せているじゃないか。

「じゃあ今は？」

「四十六キロ。ねえ見て、先生」

葵がスマホの画面を差し出して見せてきた。

見ると、葵が赤いビキニでピースサインをしていた。

「これがビフォーで、こっちがアフター」

彼女が、ふたつの画面を爪の長い指でスワイプする。

比べて見ると、確かにアフターと言っている方が引き締まっている気がするが、正直、違いはわからない。

それよりも、着ている水着がエロかった。

胸は、ちょっとずらせば乳首が見えてしまいそうだし、下も股間部分がハミ出してしまいそうなほど覆っている布の面積が小さい。葵の身体つきがその写真でわかってしまうくらい、裸同然の画像だった。

「ね？　頑張ったでしょ」

彼女はニコニコしてこっちを見てくるが、こちらは照れてしまって、どうしようもなかった。

「いや、正直、ダイエット前とそんなに変わらないけど」

「えっー？」

葵がむくれた顔をする。

「いや、違う違う。元からスタイルがいいってこと」

慌ててビールを飲んでごまかすと、葵がパアッと明るい顔をした。

「ホントっ⁉」

小悪魔っぽい、イタズラするような目をされた。

「えっ……ああ……そ、それよりもこの水着がだな……照れるよ、いきなりこんな裸みたいな写真を見せられたら」

「やっぱり勃っちゃった⁉」

「えっ⁉」

葵がクスクス笑って、またカクテルに口をつける。

「や、やっぱりって、まさかこの画像……いろんな人に見せてるのか」

動揺しまくりだった。あの葵が、きわどい言葉を平気で言ってくるので、どうリアクションをしていいかわからなくなる。

「見せないよ。先生だから、いいかなって」

「誰にだってよくないよ、そんなセクシーすぎる水着姿を見せちゃ……」

「でも私、脱毛してるから大丈夫よ。ほら、つるつる」

二の腕をさすりながら、葵が身を乗り出して見せてきた。

触れと言うので触ったら、確かに小麦色の肌はすべすべだった。

テーブルを挟んで、ふたりが身を乗り出しているから、顔を上げたら葵の顔が目の前にあった。

目が合うと、葵がニコッと笑って言った。

「アソコもね」

「えっ⁉」

葵が手招きしたから顔を近づけると、葵は色っぽいかすれ声で囁いてきた。

「アソコも全部脱毛してるから、すごくキレイよ」

道夫は仰天《ぎょうてん》した。

強張った顔で葵を見れば、色っぽく瞳を潤ませていた。

「お、おいっ。だいぶ酔ってるな」

葵がテーブルの上で頬杖《ほおづえ》をついて、首をかしげて見つめてくる。

「先生、見たくない？」

「ば、ばかっ」

慌ててビールジョッキを呷ったときだ。

「……ッ」

テーブルの下で、すねに柔らかいものが触れた。

葵の脚に触れたかなと思って葵の顔を見たら、ニコッと笑みを返された。

（ん？）

ちょっと身体を引いてテーブルの下に目をやると、靴を脱いだ葵の素足の爪先と小麦色の脚が見えた。

葵が脚を伸ばして、わざとちょっかいを出してきているのだ。

隣席との間に大きな仕切りがあるから横からは見えないし、後ろも壁だ。他の人に見えないからといっても、ここは居酒屋だ。

（まったく、お店でイタズラしてくるなんて……）

そういえば塾のときも、生徒の席を順番に見てまわっていたとき、道夫の脚を指で突《つっ》いたりしてきたことがあった。

（イタズラっ子め）

道夫は目を細め、仕返しに靴を脱いで、こちらも足の爪先で葵の脚をさすってやった。

やり返すと、葵は恥じらった顔を見せるものの、クスクス笑っていた。

そのうちにだ。

（えっ？）

彼女が椅子に浅く腰掛け直して、ぐいと爪先を伸ばしてきた。

爪先が道夫の脚の間に差し込まれる。

葵の親指が、くにくにとズボン越しの股間をいじってきた。

慌てて葵を見る。

彼女は目の下を赤くしながら、真っ直ぐこちらを見ている。だがテーブルの下では葵の爪先がいやらしく動いて、イチモツを刺激してくるのだ。

「お、おい……」

「ウフフ。やっぱりちょっと勃ってるみたい」

「こら、やりすぎだぞ。そんな風にされたら、その気になっちゃうだろっ！」

相手は教え子であり人妻だ。

いくら可愛らしくても、手は出せない。

だから冗談で返したつもりだった。

だが葵は笑わなかった。

すっと立ちあがって「お手洗い」と言って、小さなバッグを持って通路に消えていった。まずいことを言ったかなと思っていたら、すぐに戻ってきた。

「先生、このバッグ、先生の横に置いて」

そう言って、手に持っていたバッグを差し出してきた。

財布やスマートフォンくらいしか入らないような小さなハンドバッグだが、取っ手の部分に白い布が巻きつけてあって、ギョッとした。

パンティだった。

小さな白いパンティが、バッグの取っ手の部分に巻きつけてある。道夫は慌ててバッグを膝の上に置いた。

(なっ……これ……下着だよな……葵ちゃんが穿いてたやつか?)

向かいに座った葵を見ると、笑顔が緊張で強張っていた。

先ほどと同じようにニッコリと微笑むのに、何度も目を瞬《しばた》かせて、耳まで真っ赤になっているのがわかる。

(ノ、ノーパンっ!? あんなに短いミニワンピなのに……この子は今、服の下に何も穿いていないのか!? いや、もしかしたら……スパッツとかに穿き替えたのか?)

確かめたい。

ノーパンなのか、それとも何か穿いているのか。

確かめてどうなるものでもないのに、男の気持ちとして確かめたくなる。

そのとき、ふいに葵が言い出した。

「先生、テーブルの下にハンカチを落としたみたい。拾ってほしいなあ」

「えっ？」

葵の顔が少し強張っている。

「い、いや、だけど……」

「深夜でお客さんも少ないから、大丈夫……」

「……し、しかし……」

道夫は根負けして、そうっとテーブルの下に潜り込んだ。

ミニ丈のニットワンピースから伸びた、すらりとした脚が暗がりに見える。

足首がキュッとしまっていて、形のよいふくらはぎから太ももまで丸見えだ。

そのときだ。

葵がゆっくりと両膝を左右に開きはじめたものだから、道夫は息を呑んだ。

下着は……身につけていなかった。

剝き出しの女性器がミニワンピースの暗がりの奥にあった。

そこにあるべきはずの陰毛がない。

まるで幼女のような、つるつるの肉土手の中心部に、小ぶりのスリットが入っている。

（ホントに脱毛してるんだ。すごい。パイパンのおまんこだ……）

あまりに衝撃的な光景に目を奪われた。

あの葵が……真面目な女子高生だった女の子が、こんなにつるつるで猥褻《わいせつ》な女性器を見せて、挑発してくるなんて……。

「あの、ハンカチはありましたか？」

テーブルの上から葵の声が聞こえてきた。

「い、いや、ないけど……」

「もっとよく見て……先生……」

すると、上から彼女の右手が降りてきて、自らミニ丈ワンピの裾の奥に手を差し入れた。何をするのかと思っていたら、葵は人差し指と中指を局部に当てて、Vの字にくぱぁっ、と開いたのだ。

内部の赤い粘膜がはっきりと見えた。

テーブルの下にムッとするような牝の匂いが漂ってきた。

「……ど、どうですか？」

訊かれても、言葉が出てこない。

葵が自分の指で、恥部を開いてさらしているのだ。

しかも彼女の膝が小刻みに震えている。

決してこういった破廉恥《はれんち》な行為に慣れているわけではなく、恥ずかしがっているると思うと股間が痛いほどみなぎってきた。

「先生？」

その声にハッとして、道夫は目を瞬かせる。

「な、ないよ……」

「もっとよく見て……指で、まさぐってみて……」

葵がさらにVの字を大きく広げていく。

陰部の奥が暗がりにさらけだされ、目をこらすとクリトリスや膣穴まではっきり見えそうだった。

心臓が痛いほど高鳴った。

「いや、でも……まずいよ、これは」

「誰も来ないから」

そう言われても、テーブルの下に潜り込んでミニワンピのギャルの股ぐらを覗き見している姿を見られたらマズいことになる。

だが、だめだった。

あまりに刺激的な光景にガマンできず、開いた溝に中指を伸ばして赤身に触れた。

(うわっ……)

葵の陰部が蜂蜜を塗ったようにベタついている。

濡れているのだ。

ぬるぬるした亀裂をまさぐりながら、膣口に指先を添えて力を込めると、軽い抵抗があったが、すぐにぬるっ、と指先が吸い込まれていった。

「あっ……」

抑えきれない葵の喘ぎが、テーブルの上から聞こえてきた。

その色っぽい声に昂ぶり、道夫は全身をカアッと熱くさせ、ゆっくりと指を出し入れする。

「んんっ……んううん……」

Vの字に開いた葵の指が、ぶるぶると震えだした。

(か、感じてる……)

興奮しながらも熱い膣内で指を動かすと、あふれ出る愛液が指ですくい出されて、指の根元まで垂れてきた。

（うわっ、こんなに……）

濡れっぷりのすごさに驚き、頭をテーブルに打ちつけてしまった。

がんっ、と音がしてテーブルが揺れた。

葵がクスクス笑った。

「大丈夫？　先生」

「あ、ああ。誰も来てない？」

「大丈夫……今……誰もいないから……」

葵がさらにV字で恥部を開いてくる。

もっと触って、ということだろう。

道夫はテーブルの下でしゃがみ込みながら、手のひらをくるりと返して、中指の腹で膣のふくらみを撫でてやる。

こりこりとした柔らかいものが指腹に触れた。

「あっ……そこ……だ、だめッ……はああんっ……」

葵がいよいよ女らしい声を漏らし、座ったままずりずりと下腹部を前に迫《せ》り出してきた。

甘くて生臭い、性蜜の匂いがプンと強くなる。

道夫はさらに指を奥まで入れて、ざらつく天井をこすってやる。このあたりが確かGスポットのはずだ。

（里香先生と紗栄子さんをイカせたんだ。葵ちゃんだって……）

妙な自信がついていた。

地元に戻ってきて、くすぶっていた当時の自分を過去の女たちが慰めてくれている。

おそらく、葵も旦那では満足できないのだろう。

だったら俺が、という気持ちになる。

道夫は指を出し入れしながら、小さなクリトリスに唇を押しつけた。

「ンッ！　ああンッ」

葵が椅子に座ったまま、ビクンッ、と大きく痙攣した。

大丈夫かと思ったら葵の後ろの通路に男のスニーカーが見えた。

おそらく店員だろう。葵が声をあげた瞬間に店員が足を止めたのだ。

「……だめっ……今、後ろに誰かいる」

葵が小声で言った。

「……わかってる」

道夫も小声で返したものの、指を食いしめる膣圧を感じて、どうにも興奮が止まらなくなっていた。

だめだ。おとなしくしてないと……と思いつつも、いじめたくなって指をゆっくり抜き差しした。

「……くっ」

葵が声を押し殺し、開いていた太ももをギュッと閉じた。

「……だめっ……先生……」

太ももを締めて手でガードしてくるが、もうこのスリルに、道夫のアドレナリンはダダ漏れだ。

かまわずに指を動かす。

「うっ……うっ……」

すると、葵のすすり泣きが聞こえて、下腹部がうねってきた。

「だめっ……んっ……んっ……」

抗いの言葉に媚態《びたい》が混じってくる。こういった状況でも葵は感じているのだ。

それならば遠慮はいらなかった。

膣内の指に力を込めて、Ｇスポットをこすったときだ。

「んんっ！」

葵の膣と太ももによって、指と腕が信じられない力で締めつけられた。

手首と膣内の指の根元が痛いほどホールドされると同時に、葵の身体がガクガクと震えた。

やがて脱力したと思ったら、立ち止まっていた店員の足はいつの間にか見えなくなっていた。

指を抜くと、葵の恥穴からは、こぷっ、と粘着性の蜜があふれ出た。

テーブルの下から這い出ると、葵がハアハアと肩で息をして、うつむいていた。

しばらくして葵が顔を上げる。

大きな目がとろんとして、目尻に涙を浮かべていた。

「……先生のいじわる……」

「先に仕掛けてきたのは、葵ちゃんだろう？」

そう言うと、葵は顔を真っ赤にしたまま言った。

「もう行きましょう」

そしてまたテーブルの下で、道夫のすねをさすってくるのだった。

3

タクシーに乗っている間中、葵はずっと妖しく瞳を潤ませていた。

高速道路のインターチェンジ近くにある、こぢんまりしたラブホテルの部屋に入った途端、葵は道夫の首の後ろに手をまわして抱きつき、キスしてきた。

（うわっ、香水に紛れて汗の匂いがする……甘いっ）

カクテルの甘い呼気と唾、そして胸の柔らかさにクラクラした。

人妻とはいえ、まだ二十代の肉体の張りがたまらない。

理性が吹っ飛び、教え子にもかかわらずベッドに押し倒し、キスを外して小麦色の耳や栗色の髪の間から覗くうなじに舌を這わせ、ニットワンピースの胸を揉みしだいた。

葵がクスクス笑い、クリッとした目を向けてくる。

「ウフフッ。先生って意外とエッチなんだ。居酒屋さんで、私のことイカせちゃうし……」

「してほしそうに脚を開いたくせに」

「そうだけど……先生、私のこと、どう思ってたの？」

真顔で見つめられた。

道夫は、昔を思い出しながら答える。

「可愛いと思ってたさ。でも、一度は勉強を教えた生徒だったし……」

「ふーん。可愛いと思ってくれてたんだ。さっきの水着の写真も興奮したんだよね、勃っちゃうくらいに」

息のかかる距離で詰められた。

改めて見ても可愛らしい顔立ちだった。

「興奮したよ」

「あとで画像、送ってあげる。だからひとりでするときに葵の写真使って」

過激なことを言われて赤面した。

「ああ、使わせてもらうよ」

「使ってくれるのね。ウフフ。うふんっ……ううん……」

またキスされた。

（ああ、甘ったるいキスだ……この子がこんなに甘え上手だったとは……）

戸惑っていると、葵は道夫を仰向けにさせて、脚の間に入って道夫のベルトを外し、ファスナーをチーッと下ろしてきた。

「えっ……」

ミニワンピースの裾がまくれ、恥部を晒したまま一心不乱に道夫のズボンとパンツを下ろしてきた。

勃起が剝き出しになって、そそり勃つ。

そのまま、爪の長いほっそりした指で根元をつかまれた。

「うっ……」

葵が肉竿を握りながら、見あげてくる。

「先生の感じてる顔、可愛い。イタズラされた仕返し、しちゃうから」

葵は声を弾ませて、肉棒を軽やかにシゴいてきた。

竿だけでなく陰嚢《いんのう》まで揉まれて、

「ああ……」

と、せつない吐息を漏らして震えてしまう。

それを見ていた葵は、クスクス笑いながら、リズミカルに強弱をつけて肉竿をこすってきた。

強さがちょうどいい。

腰が早くも痺れてきた。

「くうう……あ、葵ちゃん……」

教え子だけど可愛らしいギャル妻だ。

イタズラ好きの小悪魔美人にシゴかれて、たまらない気持ちになる。

「ああ、だ、だめだ……出そうになるよ」

肉竿が熱くなってくる。

根っからのSなのか、弱音を吐いたら葵は満面の笑みを浮かべた。

「何が出そうなの？　ウフフ。先生、いいよ、出しちゃっても。でもそうしたらもう終わりだからね」

葵はシゴきながら、左手で自分のワンピースの胸元を引っ張って、中を見せてきた。

小麦色のおっぱいを白いブラジャーが包み込んでいる。

柔らかそうに揺れている乳房を見せつけられて、ますます勃起が硬くなってしまう。

「あんっ、先っぽからなんか出てきた。やだもう……エッチ……」

見るとガマン汁がたらたら垂れて、葵の指を汚していた。

「い、いや、それは……」

カアッと顔が熱くなる。

その顔を見て、葵はまた笑みをこぼす。

「ウソよ。やだなんて思わないわよ、先生のオチンチンだったら。ウフフッ、獣みたいな臭いも好きっ」

満面の笑みでさらに表皮のシゴきを強めていく。

（くうう……だ、だめだ……こっちも反撃しないと……）

このまま責められるばかりでは、年上の沽券《こけん》に関わる。

道夫は息を荒らげながら思いきって手を伸ばし、ニットワンピース越しのおっぱいをむんずとつかんだ。

「あっ……やんっ」

葵が女の声を漏らし、軽くのけぞった。

「いきなり揉まないでよねっ。今、乳首が敏感なんだから。もう許さないっ」

むくれた葵は身体を下げていき、勃起の近くまで顔を寄せていく。

温かい息が切っ先にかかるのを感じた瞬間だ。

勃起の先を柔らかいものが這いずった。

「くっ……！」

葵に亀頭を舐められ、甘い陶酔が駆けのぼってきた。

「ウフッ。汗の味がする。しょっぱいね」

そう言ってショートのボブヘアを軽く手ですきながら、濡れたピンクの舌を伸ばして鈴口《すずぐち》を舐める。

「くうう」

鮮烈な刺激に目がチカチカした。

震えながら見ると、葵は口角を上げてうれしそうに目尻を下げる。

「先生のオチンチン、おいしい……」

妖しげな笑みでゾクッとした。

さらに葵は勃起の先端を上に向けて、身体を低くして裏筋を舐めあげてきた。

「う、くっ……」

ぬめった舌がたまらなかった。舌の腹をめいっぱい使って表皮のガマン汁を舐め取られると、思わず腰が浮いてしまう。

「ウフフ……か－わいい」

葵はからかいながら、顔を近づけてきて大きく口を開けると、ゆっくりと濡れた唇を分身に被せてきた。

「うっ！」

道夫はブリッジしてしまうほど大きくのけぞり、全身をガクガクと震わせる。

肉竿が一気に温かな潤みに包まれた。腰が震える。

（葵ちゃんの口の中……あったかい、ああ……き、気持ちいいっ）

とろけてしまいそうだった。

ピンクの艶々した唇が、自分のカリ首に密着している。

「んふうん……ううんっ……ううん」

葵が色っぽい鼻息を漏らしつつ、頭を打ち振って唇を表皮に滑らせながら見つめてくる。眉間にシワを寄せ、苦悶の表情をしながら、いきなり根元近くまでグッと咥え込まれると、

「くうう！」

もたらされた快感はすさまじかった。

とろけた目で見れば、可愛いギャル妻の口に、自分の太いモノが出たり入ったりを繰り返している。

じゅぷっ、じゅぷっ、と唾の音を立てて激しく顔を打ち振ってきたかと思えば、また深く咥え込んで、じゅるるるっ、と吸いながら唇で締めつけてくる。

(う、うまいなっ)

小麦色の肌の美しいギャル妻はニットワンピの首元から乳房を覗かせながら、さらに吸い立ててくる。尻も物欲しそうに揺れていた。

ガマンできなかった。

「ああっ、だめだっ……」

慌てて葵の口からイチモツを抜き取ると、唾の糸がペニスの切っ先とピンクの唇をつないでいた。

葵は唇を手で拭いながら、ニコッと笑う。

「何がだめなの？　先生の飲んであげたかったのに」

「いや、そ、それよりも……」

「ヤリたい？」

ストレートに言われた。もう欲望は隠せない。

「ヤリたいよ……おかしくなりそうだ」

答えると葵は満足げな表情で口角を上げ、ニットワンピに手をかけて一気にまくりあげた。

4

「来て……先生……」

白いブラジャーも取った葵がベッドに横になった。

小麦色のギャルの身体からは、悩ましいほどに成熟した二十九歳の人妻の色香がムンムンと漂ってくる。

仰向けでも、崩れないで美しい球体の乳房、ピンク色の乳首。

腰は細くても尻はぷりんとしている。

夢中で元教え子に覆い被さり、乳房を揉みしだいた。小麦色の肌はすべすべだった。どこもかしこも甘い匂いがする。

抱きしめて全身をキスしまくると、

「あっ……あああッ……感じちゃう……」

早くも葵は、甘ったるい湿った女の声を漏らして、もどかしそうに腰をくねらせた。

細眉はハの字になって、せつなそうに目を細める。

ピンクの唇はもうずっといやらしく半開きで、ハアハアと息があがっていた。

指を伸ばし、そっとスリットに触れた。

その瞬間、小さく、くちゅ、という音がして、

「んっ……」

葵がわずかに吐息を漏らした。

店でイタズラしたときよりも、さらに熱くぬかるんでいる。

両脚を開かせ、硬くなったモノを近づけていくと、さすがに葵も恥ずかしそうに顔をそむけた。

(可愛い……)

元教え子でも、可愛いものは可愛い。

ぬかるみにぐっと勃起を押し込むと、穴に嵌まるような感触があった。

ここだ、と一気に腰を前に突き出す。

ぬるっと、チンポが葵の中に入っていった。

「あ、あうんっ……お、おっきい……」

葵が顎を跳ねあげて、背中をそらした。

のけぞったまま、つらそうにギュッと目を閉じ、眉間にシワを寄せた苦悶の表

情で、ハアッ、ハアッと喘いでいる。

「ああ、た、たまらないよっ……」

中がどろどろにとろけていて、肉竿を包み込んできた。

ふいに枕元の葵のスマホが目に入る。

（そうだ……）

葵のスマホを手に取ると、彼女が訝《いぶか》しんだ顔をした。

「撮りながら、したいんだ」

言うと葵は「えっ⁉」と顔をしかめたが、

「エッチ……」

と言いつつも、スマホを取ると、ロックを解除してこちらに手渡してきた。

スマホのカメラを葵に向ける。

（おおっ）

画面越しに見る葵の肉体もいい。

なんだか余計にエロく感じる。

「やだっ……あんまり顔は撮らないで……」

と手で遮って恥じらうものの、膣がギュッと締まってきた。

撮られて感じているのだ。

まるでAV監督になったようだった。

その恥じらう顔にスマホを近づけたり、さらには結合部をアップで撮影したりして、葵をさらに辱《はずかし》める。

(ハメ撮りだ……興奮するっ……)

道夫は葵のスマホで撮影しながらのセックスに昂ぶり、早くもフルピッチでストロークしてしまう。

「あん……すごい……奥までくる……おっき……」

小麦色の肌のキュートなギャル妻が、ピンクの唇を半開きにして、奥への挿入を楽しもうと深い呼吸をしている。

撮られて昂ぶっているのか、ときどきスマホを見ては、ぼうっと視線を宙にさまよわせて、色っぽく喘いでいる。

根っからスケベな子だ。

もう興奮はピークに達し、スマホを持ったまま、ベッドがギシギシと音を立てるほどに腰を振った。

「あっ、あっ……」

葵がうわずった甘い声を漏らして、自分の手の甲を口に押しつける。

そのときだった。

手に持っているスマホが鳴って、画面が切り替わった。

《たかし》

とだけ表示されていて葵に画面を見せると、ハッとしたような顔をしてスマホを受け取った。

ハアハアと息を弾ませながらも、葵はスマホの画面をタップして電話に出た。

（えっ？　お、おい……）

セックスしながら電話に出るなんて……と思っていたら……。

「あ、あなた」

葵の言葉に、道夫は凍りついてピストンを止めた。

（あなた？　電話の相手、旦那か……？）

息を呑む。

葵は、

「ええ……そう……うん。今夜は遅くなるから……」

と電話しながら、こちらを見た。

まずい、というか何を考えてるんだ?

抜こうとしたときだ。

葵が画面をタップして通話を保留にしてから、

「先生、そのまま続けて」

と、とろんとした目で哀願してきたので、さすがの道夫も戸惑った。

「続けてって……」

「いいのっ。途中でやめるのいやだから……お願い……」

潤んだ瞳で懇願し、葵は再び画面をタップして耳に当てた。

「なんでもないの。うん。明日は、うん……うん……」

会話しつつ、こちらに目を向けてくる。

(ええい、もうどうにでもなれっ)

葵の脚を開かせ、正常位でゆっくりとピストンを再開する。

「ううんっ……」

すると葵がビクッとして、甘ったるい声を出すので、道夫はまた腰を止めてじっとした。

「な、なんでもないの……」

葵はごまかしつつ、まだ電話で会話を続ける。

（他の男とセックスしながら旦那と電話するなんて……なんて子だ……）

あまりの大胆さに唖然《あぜん》としつつも、寝取っていると思うと、こちらも興奮してしまう。

ゆっくりと腰を前後に動かす。

結合部からはしとどに蜜があふれ、ぬんちゃ、ぬんちゃ、と粘着音が響いて、獣じみた発情の匂いが濃くなっていく。

旦那と電話しながら、葵が顎を突き出して眉をひそめる。

感じた声をこらえようとする人妻。

背徳の感情に流されて、道夫は射精したくなってくる。

（だ、だめだ……）

抜こうとしたときだ。

葵は首を横に振る。こちらのイキそうな気配を察したのか、葵は左手で道夫の手をつかんできた。

（い、いいのかっ、いいんだなっ）

道夫が突き入れる。

「うっ……あっ……う、うん。あと二時間くらいしたら帰るから……うん、ううん」

葵が泣きそうな顔で、喘ぎをガマンしながら電話している。

たまらなかった。

前傾して、耳元で小さく囁いた。

「……い、いいんだな……中に、出すぞ……」

葵は目の下を赤くしながら、小さく頷いた。

もうだめだった。

声を出さないようにしながら、無言で、ずんっ、ずんっ、と深いところまで突き込んだ。

M字開脚したギャル妻の奥に、ただひたすら切っ先をぶつけていく。

葵の表情が、いよいよ切迫してきた。

小麦色の裸体は汗にまみれ、甘ったるいセックスの匂いが立ちのぼる。

奥まで重い一撃を入れたときだった。

「うっ」

熱い白濁液を、葵の子宮口へ注ぎ込んだ。

「あっ……！」

葵が電話しながら目をつむり、腰をガクンガクンとうねらせた。

（イ、イッたのか……？　旦那と電話しながら、他の男に中出しされて、アクメしたのか？）

なんて子だ……と思いつつも、自分も共犯だった。

罪悪感を覚えつつも、背徳の射精の気持ちよさに身体を震わせていた。

第六章　昼間に親友の妻を

1

葵が電話を切って、ぐったりしていた道夫に抱きついてきた。

小麦色のおっぱいがギュッと胸板に押しつけられる。

「い、いいのか……あんなことして」

心配になって訊くと、葵はちょっと哀しそうな笑みを見せた。

「いいの。だってあの人……浮気してたから」

「そう、なのか？」

葵が小さく頷いた。

「だからいいの。それに……」

そこまで言って、葵が萎《な》えたペニスをギュッと握ってきた。

「ぐっ……そ、それに、なんだよ」

「それに、本当はずっと先生のことが好きだったから……」

いきなり告白されて、道夫は目をぱちくりさせた。

「えっ、でも、そんなこと……。大学に入ってから一度だって……」

葵がはにかんで、それから口を開いた。

「東京で大学生になったら、先生に告白しようと思って受験勉強も頑張ったんだけど……結局……告白する勇気がなくて……。先生に連絡しなくなったのも、ああ、私になんか興味ないんだなあって思って、諦めたの」

葵の目が潤んでいた。

（そうだったのか……）

葵がまさか自分のことを好きだったなんて思いもしなかった。ただただ上京したくて、それですでに東京に住んでいる道夫を頼ってきているだけだと思っていた。

「私ね、恋愛ってうまくいかなくて……昔からそう。なんか本命には逃げられちゃうっていうか」

葵が思いつめたような顔をしたので、道夫は慌てた。

「すまない……気付いてあげられなくって……それに、今日も……」

「ううん。それはいいの。そうじゃなくて……」

葵はそこで言葉を切って、哀しげな顔をしながらつぶやいた。

「あのね、私……大学一年生のときに先生にフラれたと思って寂しくてね……それでその年の夏休みにこっちに帰ってきたとき、安永先生に偶然再会したの……」

急に安永の名前が出てきて、なぜだか悪い予感がした。

「や、安永と……？」

「うん。そのとき……先生にフラれたって言ったら安永先生、慰めてくれて、それで……私、初めてだったんだけど……」

道夫は声を失った。

安永が葵を……？

呆然としていると、葵は遠くを見て笑みをこぼした。

「でも、帰省中の二週間だけの関係。安永先生、そのときに付き合ってる彼女がいるから、付き合えないって」

「なんだって？」

待て、待てよ。

目の前が真っ暗になった。

教え子に手を出したことも許しがたいが、それよりもだ。

亜紀を裏切っていた上に、処女だった教え子を夏休みの間だけセフレ扱いしていたなんて……。

葵がギュッと抱きついてきて、優しくキスをされた。

混乱しつつも、葵と口づけして髪の毛を撫でてやった。

「でもよかった……先生とこうして……ずっともやもやしてたから、吹っきれたと思う。旦那の浮気もスマホ見たら一回だけだったし、復讐のために一回だけ浮気してやろうと思ってたの。相手が先生でよかった。ありがと、ごめんなさい」

「じゃあ旦那とは……？」

「うん、これでもう浮気はしない。ちゃんとするから……だから……」

再びキスして、抱き合った。

葵のことを安堵《あんど》すると同時に、怒りの感情が湧いてきた。

もちろん亜紀は、このことを知らないだろう。

交際中に、安永に浮気されていたなんて……。

2

次の日。

道夫は荷物をまとめて、ホテルのフロントに向かった。

まだ眠かった。

昨日は午前三時に帰ってきたのだが、それから悶々として、なかなか寝つけなかったのだ。

フロントにはちょうど紗栄子が立っていた。

道夫が大きな荷物を持って現れると、ニコッと微笑んでくれる。

「チェックアウトでよろしいでしょうか」

「ああ……はい」

カードキーを取り出して、紗栄子に手渡す。

「お客様、ご不便などはなかったでしょうか」

言いながら、紗栄子がちょっとはにかんだ。

一昨日の夜のことを思い出したのだろう。

憧れのお姉さんをイカせてあげられた。

男としての成長を見せられて、誇らしい気分だった。

「ありません。むしろ最高でした。とても品があって、可愛らしくて……すごくエッチで」

周りに誰もいないのをいいことに、調子に乗って言うと、

「言わないで、恥ずかしいんだから」

と彼女が真っ赤な顔をしてむくれた。

「いや、でもホントです。来てよかった」

タイムカプセルを掘り出すのが目的で来ただけだったが、懐かしい面々と再会できた。

田舎なんか何もないし、面白くもない。

ひたすら都会で頑張ってきたけれど、意外に地元もよかったな。

むくれていた紗栄子が相好を崩した。

「また会えてよかったわ。頑張ってるんだもんね。私も頑張らないと……またのご利用をお待ちしてますね」

「また来ます、あっ、タクシーを呼んでもらえますか？」

「あ、ちょうど一台停まってるわよ。それを使って」

「ありがとう」

頭を下げると、彼女も丁寧に頭を下げた。

玄関を出てみると、タクシーの運転手が喫煙所で煙草《たばこ》を吸っていた。

「お願いできますか？」

言うと、運転手は煙草を灰皿で消して小さく伸びをした。

「いいですよ。駅ですか？」

「すみません、近くて」

「近くても結構。お客さんであることに変わりはないから」

荷物をトランクに入れて後部座席に座る。車内はクーラーが効きすぎていて、半袖だと寒かった。

タクシーはホテルを出発して国道に出る。

「ご旅行ですか？　それとも出張？」

中年の運転者が運転しながら訊いてきた。

「いや、帰省ですけど、ワケあってホテルに宿泊してるんです」

「そうでしたか……」

運転手はワケまでは尋ねてこなかった。

「今はどちらにお住まいですか？」

「東京です」

「へえ、東京。いいですねえ。そりゃ東京で暮らしてたら、こんな田舎じゃあ、退屈で仕方がなかったでしょう？」

「いやいや。やっぱり地元はいいなと思いましたよ」

お世辞ではなくて本心からだった。

今朝も石田や村上から「また来いよ」とLINE《ライン》で連絡が来た。

気の置けない地元の友達はいいなと思った。ずいぶんリラックスできた気がする。

田舎も悪くない。

もしかすると、もっと年を重ねたら、さらによく見えてくるのかもしれない。

清々《すがすが》しい気持ちだったが、しかし、どうしても心残りがあった。

亜紀……。

昨晩の葵の言葉がわだかまりとして、ずっと残っていた。

安永は亜紀と結婚する前に、亜紀を裏切っていた。

すでに安永には幻滅していた。寂しさにつけこんで、教え子をセフレにしてしまうような男だ。

そんなヤツと一緒にいて亜紀が幸せになれるはずがない。

現に先日お邪魔したときも、亜紀への振る舞いは、やや高圧的だった。

（でも、今さらだろ……）

諦めにも似た気持ちもあるのだが……。

小骨が喉に引っかかったような思いのまま、東京に帰ってしまっていいのだろうか。

亜紀のことを思う。

時は人を変える。だけど、変わらないものだってある。

亜紀は中学のときよりも魅力的になっていた。

このまま東京に帰ってしまったら、きっと後悔する。

「お客さん、着きましたよ」

タクシーは駅前のロータリーに到着していた。運転手がメーターを見て金額を言った。

「すみません、ほんのちょっとだけ待っててもらえますか。その分の金額も払いますから」

そう言って道夫はタクシーを降り、すぐにスマホで電話をかけた。

「もしもし。高沢くん、あっ、今日東京に戻るんだっけ？」

亜紀がいつもどおりの快活な声で言う。

「ああ、だけどさ、その前に……その、挨拶だけしようかなと思って」

電話の向こうで少しだけ沈黙があった。

「あの人いないけど。でも夜だったら……」

「いや、夜はもう東京だ。亜紀だけでも今から会えないか？」

「えっ……私だけ？　今から？」

亜紀は戸惑っていたが、どうしても会いたいと言うと、わかったと答えてくれた。

3

「強引だったから、びっくりしちゃった」

道夫がソファに座っていると、亜紀がアイスコーヒーを出してくれた。

亜紀は睫毛に少しラメの入ったマスカラを塗っていて、いつもよりも可愛らしい雰囲気だった。

肩までの黒髪もふんわりしていて、白い肌は艶めいていて透明感があり、グロスリップのピンク色の唇が、ぷるんとしていて瑞々《みずみず》しい。

（メイクをしてる。俺が会いたいと言ったから？）

しかもだ。

目線を下げれば、半袖の白いブラウスを盛りあげる甘美な胸のふくらみと、タイトミニから覗く太ももはムチッとしていて肉感的だ。

亜紀がテーブルを挟んだ反対側に座る。

「新幹線の時間は大丈夫なの？」

亜紀が言った。

「ああ。自由席だから。平日なら混まないし。大丈夫だろ」

なるべく胸や太ももを見ないように心がけた。

だが、意識してしまうのは、どこかで亜紀のことを手に入れたいと思っているからだろう。

安永は、亜紀と付き合っている間、浮気をしていた。

しかも、相手は塾講師をしていたときの教え子だ。

それを言えば、亜紀は安永と別れるだろうか？

いや、言わずにおいた方が、ふたりにとっては幸せなのでは……。

「どうしたの？」

亜紀が心配そうな顔で見つめてくる。

垢抜けた美人に成長したけれど、やはり中学時代の面影はある。

十七年も前だ。

あのとき……中学生のときから好きだった。

安永が先に好きだと口にしていたから……いや、安永がそう言っていたとしても、「実は俺も好きなんだ」と言うべきだった。

仮にあのとき告白したとしても、フラれていたかもしれない。

それでも、やはり告白しておくべきだった。

後悔ばかりだ。

「いや、別に……」

動揺して顔が強張ってしまう。

亜紀は道夫のその表情に、何かを感じ取ったようだった。

「ウソ。私に何か隠してるでしょ。言ってよ、それを言いに来たんでしょ？」

亜紀が苦笑した。

きっと幸せじゃない。安永なんかと別れてほしい。

「安永のことなんだ」

「うん。あの人がどうかしたの？　浮気？」

亜紀があっけらかんと言った。

「えっ？」

思わず動揺してしまった。亜紀が目を細める。

「やっぱり、そうなんだ」

かまをかけられたと知って、道夫は慌てた。

「いや、古い話なんだ。だから……」

「今さらごまかさなくてもいいの。心配してくれたんでしょう、私のこと」

亜紀は視線を落として静かに言った。

「彼が学生時代に浮気してたのは知ってるよ。それにね、実は今も役所の若い子としてるみたいだし……」

「今も……なのか？」

道夫は声を荒らげた。

亜紀が頷いた。

「スマホを見ちゃったから。かなり若い子だと思う」

道夫はカッとなった。

夫婦仲がギクシャクしていることは薄々気づいていたけれど、そこまで決定的だとは思っていなかった。

「でも、先週の金曜日。俺が泊まった夜、ふたりは……」

口走ってしまって道夫は口をつぐむ。

亜紀がカアッと美貌を赤く染めて、目を伏せた。

「……あれね、その……高沢くんだから言っちゃうけど、何年かぶりなの、あの人が私を抱いたの。だけどそれは純粋に私を抱きたかったんじゃなくて、高沢くんが家の中にいたから抱いたんだなってわかって……あの人も、高沢くんが覗いてたの、気づいてたよ。見せつけたかったのよ、高沢くんが……その……私に好意を持っていたの、知ってたから」

亜紀が感情を抑え込もうとしていた。

知っていたのか。

そうか、そうだったのか。

無性に腹が立ってきた。ふたりとも知っていたのだ。

「アイスコーヒー、おかわりいる？」

亜紀が訊いてきた。グラスは空になっていた。

「……ああ」

静かに頷く。亜紀が立ちあがりキッチンに向かう。

亜紀のその後ろ姿を目で追った。タイトなスカートに包まれた豊満なお尻から女らしさが匂ってくるようだった。

あの夜の劣情が蘇る。

気がつくと道夫もソファから立ちあがっていた。

そして、本能的に亜紀を後ろから抱きすくめていた。

「な、何……んううんっ」

振り向いた亜紀の唇を強引に奪った。

亜紀の体温やミントのような呼気や、甘ったるい唾の味を感じた。

ずっとこうしたかった。

ずっと、ずっとだ。

「う、ううんっ……」

息苦しくなったのか、亜紀が唇をわずかに開いた。

その隙に舌を滑り込ませると、

「んっ！」

亜紀の身体が強張り、わずかに逃げようと暴れた。

「んっ、だ、だめ……んんぅ」

逃したくなかった。

道夫は抱きしめながら、ディープキスを続ける。

長年の思いの丈をぶつけるように、遠慮なしに、亜紀の口腔内を舐めて舐めて、舐めまわした。

同時に白いブラウスの上から胸のふくらみを鷲づかみにした。

やわやわと揉みしだくと、深いキスをしながら、亜紀がくぐもった声を漏らした。

「……亜紀」

キスをほどいて見つめると、亜紀も潤んだ瞳で見あげてくる。

亜紀が涙をこらえるように下唇をギュッと噛んでいた。

「だめよ……私……結婚してるのよ」

ここまできても、人妻の貞操を守ろうとする生真面目さに、道夫はカアッと熱くなる。

「好きだったんだっ」

激しい感情のまま、同級生妻の身体をカーペットの上に押し倒した。

「だめっ……だめっ……」

腕の中で亜紀が弱々しい抵抗を見せる。

道夫は興奮したまま、清楚な人妻の象徴のような白いブラウスを引き裂いた。

地味なベージュのブラジャーに包まれたふくらみが露わになる。亜紀は腰がかなり細いからバストの存在感がすさまじかった。

震える指で背中に手をまわしてブラホックを外し、カップをめくりあげた。

「ああんっ、だめぇ！」

亜紀が身をよじる。

まろび出た乳房がいやらしく揺れ弾む。

白い乳肉と、くすんだピンクの乳輪のコントラストがいやらしかった。

「エロいおっぱいだ……」

うわ言のようにつぶやきながら手を伸ばしてじっくりと揉み込んだ。

「はああんッ。だめっ……お願い……そんなっ、乱暴に……」

痛みがあったのか、亜紀が顔をしかめた。

しかし、亜紀のいやがるその表情にすらも興奮した。

乳房を搾るように強く握り、乳首を舌で舐め転がしながら軽く歯を立てた。

「くぅ！」

亜紀の身体がビクッと大きく痙攣し、顎が跳ねあがる。

さらに濃いピンクの乳頭部に舌を這わせると、汗ばんだ味がして、見れば大きな乳房の頂点が隆起していた。

（そうか……）

亜紀は拘束されて燃えるという性癖を隠し持っていた。

ということは、乱暴に無理矢理される方が興奮するのではないか。

こうされるのが好きなはずだ。

「乳首が硬くなってきたよ。いいんだろ、こういうのが。覗かれて興奮してたもんな」

言いながら、また乳首を甘嚙みする。

「くぅぅ……うぅっ……」

亜紀の身体がビクッとなった。

さらに乳首が硬くしこってくる。

(もっといじめたい。安永よりも感じさせたい。そうだ)

道夫は自分の腰のベルトを外してズボンから引き抜き、亜紀の手を取り、乳房の前で両の手首を交叉させる。

亜紀がハッとして、頬を引きつらせた。

「何を……何をするつもりなの……?」

「好きなんだろ、これが」

ベルトを亜紀の手首に巻きつけて、無理矢理に縛りあげていく。

「いやっ!」

亜紀はイヤイヤと首を横に振るものの抵抗はおざなりだ。

切れ長の目がうるうるとして、目の下がねっとり赤く染まっていく。欲情をこらえきれないといった様子で、ほっそりした腰をよじらせる。

「ああん、ひどいわっ」

拘束すると、亜紀が眉をひそめて手首のベルトを外そうとする。

しかし、痕がつきそうなほどきつく縛ったのだ。

簡単にはほどけない。

道夫は鼻息荒く、ひとくくりになった亜紀の手をつかむと、そのままバンザイさせるように頭上に上げさせて押さえつけた。

亜紀が羞恥に表情を歪ませる。

その恥ずかしそうな表情がひどくそそった。

「いい格好だよ」

今までこんな風にサディスティックに女性を責めたことはない。

そういった性癖など、自分にはないと思っていた。

それなのに道夫は痛いくらいに勃起していた。

「いいんだよな、こういうのが……」

押さえつけながら、亜紀の乳首を舐めた。

「くぅぅ！　いやっ！」

亜紀がせつなげに、身をよじらせる。

いやなのに、恥ずかしいのに、しかし亜紀の身体は感じてしまっている。

その表情にゾクゾクした。

あの亜紀が、これほどまでに艶《なま》めかしい表情をしてくるなんて。

押さえつけていた亜紀の両手を放し、今度は下半身に移動して、スカートをめくり、ベージュの普段使いであろう地味なパンティを一気に剝《は》ぎとった。

「いやっ！」

亜紀は抗ったが、かまわずM字開脚で押さえつける。

秘められた部分が露わになった。

内ももの付け根には、サーモンピンクの花びらがすでに濡れ光っていた。

清楚な亜紀からは、想像もつかなかった甘酸っぱい発情した牝の芳香がした。

（ああ、これが亜紀のおまんこか……）

ずっと女友達として接してきた亜紀の恥ずかしい部分だ。見てはいけないものを見てしまった感覚だ。

「ああ、亜紀のおまんこ……いやらしい」

照れ隠しにそんなことを言いながら、亜紀の陰部に顔を近づけ、舌先を無理に押し込んだ。

「ンンッ！」

亜紀は眉をひそめて大きくもがく。

発酵した生魚のような発情した匂いが、一層濃くなった。

それは男を誘う匂いだ。

道夫は舌先でくすんだピンクの陰唇《いんしん》をめくりあげ、襞を舌で舐めしゃぶる。

「ううんっ、だ、だめぇぇ！」

亜紀はイヤイヤしながらも、耳たぶまで真っ赤だった。

縛られて乱暴にされても、濡れてしまう自分を恥じている。

「だめって言っても、こんなに濡れちゃってるぞ」

愛液をすすりつつ亜紀を見る。

亜紀はベルトで拘束された両手をギュッと握りしめ、いやと言いつつも自ら腰をせり出し始めていた。

淫唇は柔らかく、しっとりしている。

舐めるたびにうねうね動く。

たまらなくなって、さらに奥へと舌を差し入れれば、

「ああぁッ！　そ、そんなところ……ッ」

と亜紀は訴えてくるが、下腹部はいやらしく動いていた。

花蜜の量も増え、匂いも味もさらに濃くなっていく。

「亜紀っ……エロすぎるだろっ」

もうガマンできなかった。

道夫は夢中で淫唇を舐めしゃぶり、クリトリスを舌先で弾く。

今、亜紀のおまんこを舐めているんだと思うと、それだけで異常な興奮が湧きあがってくる。

「ああ！　だめっ、だめよっ……私、あの人と……ああ……」

貞操を守るような言葉を紡《つむ》ぐも、亜紀は道夫の舌に反応して、腰を激しくくねらせてきたのだ。

「あんなヤツじゃなく……俺のものになれよっ」

アドレナリンが分泌しすぎて、欲情が自我を凌駕《りようが》していた。

気がつくと、そんな言葉を吐いていた。

4

もう自制がきかなくなった道夫はシャツを脱ぎ、ズボンとボクサーパンツも脱ぎ飛ばして亜紀の前で全裸になった。

イチモツは急角度でそそり立ち、先端からヨダレを噴きこぼしている。

「ま、待って……これ以上は……」

ちらりと勃起を見た亜紀が、身をよじらせた。

だがかまわずに膝を割って腰を押し進める。

再び縛った両手を左手で押さえつけながら、剛直《ごうちょく》の根元を持って陰裂《いんれつ》の下方に先端を押しつける。

「ああっ、だめっ！」

亜紀がいやいやと首を横に振りたくる。

全身が緊張で強張っている。白磁《はくじ》のような肌はうっすらとピンク色に染まり、濃厚な汗の匂いを漂わせている。

しかし、そんな亜紀のいやがる姿に道夫は陶酔した。

激情にまかせて正常位で腰をぐいと送り込む。

亀頭が淫唇にめり込み、亜紀の中にずっぷりと沈み込んでいく。

「ああっ、だめっ、入れちゃだめっ……ああん」

抗う言葉を叫ぶも、亜紀の抵抗は弱々しかった。

道夫は躊躇《ちゅうちょ》なく挿入する。

「あああっー！」

亜紀は縛られた両手を握りしめ、背中をのけぞらせる。

道夫は亜紀の細腰をつかんで、さらに深く侵入する。

濡れそぼった縦溝をカリ首が押し広げる。熱い膣内に嵌まると、きつく膣襞がからみついてきた。

「あンッ！」

根元までズブリと串刺しにすると、亜紀は隠すことなく甲高い声をあげた。

(入った……亜紀の中に入れたんだ……っ)

あの頃抱いていた恋心が、再び時を超えて動き出す。

好きだった。

ただただ好きだった。

「あっ、あぁッ……」

亜紀は白い喉をさらけ出したまま喘《あえ》ぎ続ける。

膣壷は道夫の勃起を食いしめて離さない。

奥からはしとどに愛液があふれてきた。

「亜紀！　亜紀っ」

名前を叫びながら、熱くたぎった女の坩堝《るつぼ》に道夫はしたたかに打ち込んだ。

パンパンと腰のぶつかる打擲音が響き渡り、亜紀の股からは悦びの蜜があふれ出す。

「ああぁッ！　激しい、激しすぎるぅ」

「でも好きなんだろ、こういうのがっ！」

左手で亜紀の拘束された手首を押さえながら、硬くしこった乳首にむしゃぶりついていく。

「あっ、あっ……だ、だめっ……はあぁあんっ」

亜紀の悲鳴に、いよいよ媚態らしきものが混じり始めた。

顔を見れば、快感を懸命にこらえている。

乱暴されているのに、淫らな快楽に少しずつ押し流されていく。そんな、せつなげな表情がたまらない。

「いいんだろ、なあっ」

言いながら、力一杯、乳首を指でひねりあげた。

亜紀は、

「あううっ！」

と喘ぎ声をさらに大きくして、女体を波打たせる。

勃起はさらにギンと硬くなった。細腰をつかむ右手に力を込めて、怒濤《どとう》のピストンで縛られた亜紀を突き上げる。

「あうっ、い、いやん……」

と亜紀は口惜しそうにすすり泣いて、唇を噛みしめる。

髪が乱れて玉のような汗をにじませつつ、細眉をキュッとたわめて恥辱の底でわななく表情がなんとも淫らだ。

「いいんだな、いいんだろ」

腰を打ちつけながら問いかける。

亜紀は濡れた目で、こくこくと頷いた。

「いいわっ、ああん……いいっ……」

その声にまた揺さぶられる。

「忘れさせてやる、忘れさせてやる」

あのとき、自分が告白するべきだった。

ひたすら腰を振り立てた。

「はぁぁぁ！　だめっ、だめぇぇぇ！　そんなにしたら、私、私……」

亜紀が眉をひそめて、顔を強張らせた。

「いいんだ、好きだ、亜紀っ！」

道夫は奥の奥まで犯し抜いた。

そのときだった。

「イクッ！　ああ、イクッ！　あああっ、アンッ！　アアアアッ！」

喉奥から獣じみた悲鳴をあげ、ビクンビクンと痙攣する女体に、道夫はスパートをかけて打ち込んだ。

気がつくと、亜紀の中で猛烈にしぶかせていた。

頭の中が真っ白になる。

ふたりで腰を小刻みに痙攣させながら、自然と唇を重ねていった。

アクメの余韻の中で、ふたりは貪るように互いの唾液を味わうのだった。

エピローグ

東京に戻る上越新幹線の車中。

道夫は窓の外を眺めながら、この数日間の出来事を思い返していた。

自分が大人になり成長したのと同じで、田舎だって変わっていた。

駅前が寂れ、郊外が発達していく。

だが、町並みは変わっても、人は変わっていなかった。

(来てよかったな……)

唯一の心残りと言えば、安永と亜紀のことだ。

ふたりは夫婦のまま年を重ねるのだろうか。

亜紀は、浮気をしている安永を許せるのだろうか。

無理矢理、亜紀を抱いてしまったけれど、結局のところ、亜紀の気持ちはわからなかった。

(まさかな、今さら俺のことなんて……)

車内の自動販売機で飲み物を買おうかと思い、足下のバッグを開けると、見慣れない古びた封筒が入っていた。

手に取ってみて、ハッとした。

タイムカプセルを掘り起こしたときに見た、亜紀が将来の自分に宛てた手紙だった。

オレンジと緑と紫色の派手な柄の便箋だったから覚えている。

どうしてこれがここに？

開いてみると、丸っこい字が並んでいた。

亜紀の字だ。

そして手紙の最後のところ……書かれた相合《あいあ》い傘《がさ》の中に、亜紀の名前と道夫の名前が仲良く並んで書いてあった。

えっ、ウソだろう⁉

亜紀は、亜紀はあの頃、俺のことを……？

手紙を持つ手がわなわなと震えた。

自分はなんて臆病だったのだろう。

傷つくのが怖くて、前に踏み出せなかった。

新幹線のシートに身をあずけて、道夫は目を閉じた。
いや、まだだ。
亜紀はわざとこれを俺のバッグに入れたのだ。
まだ……まだ間に合う。
今度こそ青春を取り戻すんだ。
今度こそ……。

※この作品は双葉文庫のために
書き下ろされたもので、完全
なフィクションです。

双葉社の官能文庫が
音声でも楽しめます。
〔全て聴くには会員
登録が必要です。〕

←

双葉文庫

さ-46-12

夏《なつ》の終《お》わり
寂《さみ》しがり屋《や》の人妻《ひとづま》

2024年9月14日　第1刷発行

【著者】
桜井真琴《さくらいまこと》

【発行者】
箕浦克史
【発行所】
株式会社双葉社
〒162-8540 東京都新宿区東五軒町3番28号
［電話］03-5261-4818(営業部)　03-5261-4868(編集部)
www.futabasha.co.jp(双葉社の書籍・コミックが買えます)
【印刷所】
中央精版印刷株式会社
【製本所】
中央精版印刷株式会社

【フォーマット・デザイン】
日下潤一

ISBN978-4-575-52794-0 C0193
Printed in Japan